Manuela Inusa

Das Weihnachtswunder von Chicago

Weihnachtsnovelle

Impressum

Das Weihnachtswunder von Chicago
Text Copyright © 2017 Manuela Inusa
Coverbild Copyright © shaaith – Fotolia
Bild Schneekugel © rakchai – Fotolia
Bild Merry Christmas © Marta Jonina – Fotolia
ISBN: 978-1978195431

Alle Rechte vorbehalten.

Kontakt

Email: manuelainusa@hotmail.com

Website: autorin-manuela-inusa.jimdo.com

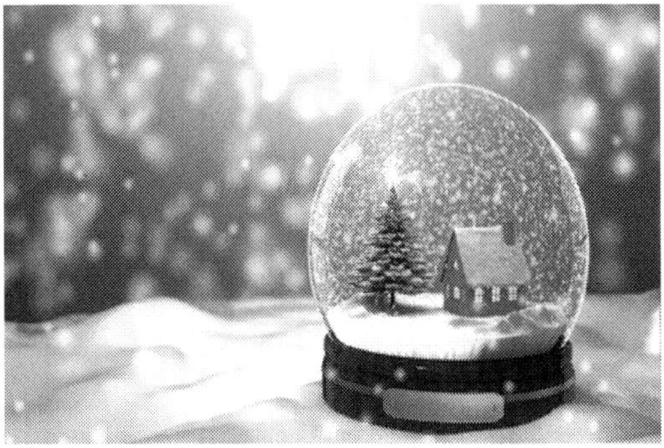

Prolog

Ruth saß am Bett ihrer Tante Helen, die die Augen geschlossen hatte und sachte vor sich hin atmete. Sie hatte jetzt keine Schmerzen mehr, dafür sorgten die Ärzte. Wieder und wieder fragte Ruth sich, ob es richtig gewesen war, sie hierher zu bringen, ob es wirklich die einzige Lösung war. Doch sie hatte ihr die Schmerzen nehmen wollen, hatte es nicht länger mitansehen können. Und da Helen so darum gefleht hatte, hatte Ruth schließlich eingewilligt.

Was ihre Mutter jetzt wohl gesagt hätte, wenn sie sie hätte sehen können …

Ruth blickte aus dem Fenster des Zimmers im ersten Stock des Hospizes. Man hatte Tante Helen ein schönes letztes Quartier bereitet, sie all ihre liebsten Sachen mit herbringen lassen. So standen auf der schlichten Kommode aus Eichenholz die eingerahmten Bilder, die Helen mit ihrer Schwester Lauren, Ruths Mutter, zeigten. Auch Bilder, auf denen sie mit Ruth zu sehen war. Bilder von Helen mit ihren Katzen. Bilder von Helen am Grand Canyon, am Strand von Florida und auf dem Empire State Building.

Helen hatte ein gutes Leben gehabt, das wusste Ruth, dennoch tat es schrecklich weh, sie so zu sehen, nur noch ein Schatten ihrer selbst.

Die Krankheit hatte sie eingeholt, sie hatte es nicht geschafft, sie zu besiegen, so sehr sie auch dagegen angekämpft hatte. So sehr Helen sich weitere Lebensjahre und einen Trip zum Joshua Tree National Park auch gewünscht hatte. So sehr Ruth auch für sie gebetet hatte …

Ruth sah den Ästen dabei zu, wie sie gegen das Fenster schlugen. Es war ein kalter Herbsttag, düster und regnerisch. Dieses Wetter bewirkte, dass man auch noch den letzten Funken Hoffnung verlor.

Doch war nicht längst alle Hoffnung verloren?

Bald würde Ruth ganz allein auf dieser großen, weiten Welt sein. Sie würde auch noch den letzten Menschen verlieren, der ihr etwas bedeutete. Den sie über alles liebte.

Eine Träne rann über ihre Wange und fiel in ihren Schoß.

„Bitte, lieber Gott, erhöre mich doch. Bitte mach, dass alles wieder gut wird. Ich will nicht ganz allein zurückbleiben", flehte Ruth mit leiser Stimme.

Tante Helen rührte sich. „Ruth. Bist du da?"

„Ich bin da, Helen. Ich gehe nicht weg, das habe ich dir doch versprochen."

Helen nahm ihre Hand und drückte sie kraftlos. Und Ruth versuchte sie zuversichtlich anzulächeln, obwohl in ihrem Innern eine Welt zerbrach.

Kapitel 1

»Endlich Feierabend«, sagte Trina, als sie sich den Haarreifen in Form eines Rentiergeweihs vom Kopf nahm. Wie jeden Abend betrachtete sie das Ding eingehend, schüttelte dann den Kopf und lachte. »Ich werde Mr. Martin auf ewig dafür hassen, dass er uns die tragen lässt.«

Ruth grinste. »Wir sollten ihn zwingen, auch einen aufzusetzen.«

»Der? Nie und nimmer! Lieber würde der noch Gratis-Burger rausgeben. Wir müssten ihn schon an seinen Schreibtischstuhl fesseln und ihn dazu zwingen, einen von diesen hier aufzusetzen.«

»Ist das ein Plan?«, fragte Ruth. Sie wischte sich das dunkelbraune Haar aus dem Gesicht, das sich aus ihrem Pferdeschwanz gelöst hatte.

»Von mir aus gerne. Allerdings würde er uns sicher umgehend rausschmeißen, und ich brauche diesen Job, um meine vier Kinder zu ernähren. Also belassen wir es lieber bei einer schönen Wunschvorstellung.«

»Wie du meinst.« Sie zwinkerte ihrer Kollegin zu.

»Machst du mir noch acht Burger und viermal Fritten fertig?«, bat Trina, die ihre Rasselbande zu Hause sattkriegen musste. Wenn sie die Nachmittagsschicht hatte und erst um acht Uhr Feierabend machte, hatte sie selten Lust, sich zu Hause noch in die Küche zu stellen.

»Aber sicher.«

Ruth nahm einen Stapel gefrorener Bouletten aus der Plastikverpackung, legte sie auf den Grill und bereitete die Brötchen vor. Sie ging zur Fritteuse, um die Fritten einzupacken, und legte noch ein paar Spielzeuge mit in die Tüte, die eigentlich für die Kids Box gedacht waren. Trinas beiden Jüngsten würden sich bestimmt darüber freuen.

Trina war fünfunddreißig und zum zweiten Mal geschieden. Die schlanke Blondine hatte vier Kinder im Alter zwischen sieben und sechzehn. Die älteste Tochter Angie half, wo sie konnte, holte die Jüngeren von der Schule ab und hatte Trina sogar bei Krankheit schon im *Lenny's* vertreten. Ruth bewunderte sehr, wie die Familie klarkam, wie sie zusammenhielt. Auch wenn Angie manchmal anderes garantiert lieber getan hätte, und auch wenn die Kinder sicher schon keine Hamburger und Fritten mehr sehen konnten – sie waren eine Familie, eine richtige Familie, und das war alles, was zählte.

»Danke«, sagte Trina, als sie die beiden braunen Papiertüten mit dem Essen an sich nahm, für das sie wie immer nicht vorhatte zu zahlen. Sie fand, zumindest das war Mr. Martin ihr schuldig, wenn er sie schon zur Nachmittagsschicht einteilte und sie ihre Kinder so nur am Abend sehen würde. »Ich wünsch dir später einen schönen Feierabend.«

»Den wünsche ich dir auch. Grüß deine Kinder von mir.«

»Das werde ich.« Trina eilte aus dem Schnellrestaurant und Ruth sah sie vom Parkplatz fahren.

Draußen war es stockdunkel, doch die Lichterketten, die Mr. Martin vor ein paar Wochen um die Bäume und die Ladenfassade gehängt hatte, spendeten dem Eingangsbereich eine warme, festliche Beleuchtung. Weihnachten war nah, das sah man auch an all den Einkaufstüten, die die Leute bei sich hatten. Geschenke für die Liebsten. Ruth hatte lediglich ihrem Kater Snuggles eine neue Rassel gekauft. Vielleicht würde sie Trina und ihrer Bande noch etwas besorgen. Eventuell sogar Mr. Martin. Sie ging so gerne Geschenke einkaufen, doch wem sollte sie etwas kaufen, wenn es doch niemanden mehr gab, dem sie etwas schenken konnte?

Es würde bereits ihr zweites Weihnachten ganz allein unter dem Tannenbaum sein. Sie hatte sich bereits gefragt, ob es überhaupt noch Sinn machte, sich einen zu kaufen. Außer ihr und Snuggles würde ihn doch eh keiner zu sehen bekommen.

»Sechs Cheeseburger, drei Hamburger und viermal die frittierten Shrimps, bitte«, hörte sie Daphne durch die Durchreiche rufen und machte sich an die Arbeit.

Und wieder einmal war sie froh, hier hinten stehen zu dürfen, wo sie mit ihren Gedanken allein war und sich nicht mit miesgelaunten und gestressten Kunden abplagen musste. Hier hinten sah sie wenigstens auch niemand mit diesem lächerlichen Rentiergeweih.

Sie seufzte. Es war schon ein armseliges Leben. Doch es war eins, das sie sich nicht ausgesucht hatte. Wenn es nach ihr gegangen wäre, hätte ihr Leben ganz anders ausgesehen. Aber man bekam halt nicht immer das, was man sich wünschte. Und Wunder wurden nicht wahr, so sehr man an sie glauben wollte.

❉

Als Ruth vier Stunden später endlich auch das Geweih vom Kopf nehmen durfte, taten ihr die Füße und die Schultern weh. Acht Stunden hatte sie am Grill gestanden und war froh, sich auf den Nachhauseweg machen zu dürfen. Zu Hause, wo ihr Kater auf sie wartete, der einzige, den sie noch hatte.

Nach dem Tod ihrer Tante Helen vor vierzehn Monaten hatte sie all die anderen Katzen weggeben müssen. Wer hätte sich um sie kümmern sollen, wenn sie den ganzen Tag arbeiten war? Und wer hätte für das ganze Futter aufkommen sollen? Sieben Katzen verputzten eine ganze Menge Katzennahrung, die sie täglich hatte einkaufen müssen, als Helen es nicht mehr konnte. Dosen über Dosen, die sie im Supermarkt besorgte und die Helen fast ins Armenhaus brachten. Doch Helen liebte ihre Katzen und hätte wahrscheinlich lieber zusammen mit ihnen unter einer Brücke gelebt als ohne sie in ihrer Wohnung.

Sieben Katzen brachten auch viele herumfliegende Haare mit sich, die Ruth mehrmals täglich vom Sofa und von den anderen Möbeln abbürsten musste. Außerdem mussten die beiden Katzenklos geleert werden. All das hatte sie gerne für Helen gemacht, die sie als Elfjährige bei sich aufgenommen hatte, nachdem ihre Eltern gestorben waren, aber nachdem Helen nicht mehr war, hatte sie keine Kraft mehr dazu. Es war schwer genug, für sich selbst zu sorgen, sieben Katzen waren einfach zu viel. Und so gab Ruth schweren Herzens sechs von ihnen weg, an liebe neue Besitzer, die sie durch eine Anzeige in der Zeitung fand, und behielt nur Snuggles.

Snuggles war ihr schon immer der Liebste gewesen. Er war bereits in ihrer allerersten Nacht bei Tante Helen zu ihr gekommen und hatte sich bei ihr angekuschelt und ihr so die Geborgenheit geschenkt, die sie so dringend brauchte. Danach waren sie unzertrennlich gewesen und waren es noch heute.

Snuggles war Ruths einziger Vertrauter, ihr bester Freund, ihm erzählte sie von ihren Sorgen und Sehnsüchten, und nur ihn ließ sie bei Nacht in ihr Bett. Snuggles war ein lieber Gefährte, allerdings war er kein Mensch. Er antwortete nicht, wenn sie ihn um Rat bat, und er überreichte ihr auch keine Weihnachtsgeschenke. Die hätte sie sich selbst kaufen müssen, und das wäre noch armseliger gewesen als alles andere. Deshalb verzichtete Ruth auf Materielles und machte sich jedes Jahr zu Weihnachten ein ganz besonderes Geschenk. Eines, das ihr wenigstens an diesem einen Tag im Jahr ein wenig Freude bescherte. Sie freute sich schon jetzt darauf und musste lächeln, während sie die Treppen zur Hochbahn hinauflief.

Es war bereits nach Mitternacht und vielleicht hätte sie Angst haben sollen, als Frau allein unterwegs zu sein, noch dazu in einer Stadt wie Chicago, doch sie war unbesorgt. Denn sie hatte das Gefühl, dass nicht nur ihre Tante Helen über sie wachte, sondern auch ihre Eltern. Und selbst wenn ihr etwas geschehen sollte … Es wäre nicht das Schlechteste, diese Welt hinter sich zu lassen und sie alle wiederzusehen. An manchen Tagen wünschte sie es sich fast.

Kapitel 2

»Ich bin zu Hause, Snuggles«, rief Ruth, sobald sie in der Wohnung war.

Die Tür sperrte sie doppelt ab und klemmte einen Stuhl unter die Türklinke. Seitdem bei ihrer Nachbarin im Erdgeschoss, Mrs. Wheeler, eingebrochen worden war, fühlte sie sich ein wenig unbehaglich, und Snuggles war ja nicht gerade ein deutscher Schäferhund, der sie beschützen konnte. Snuggles wäre wahrscheinlich noch zu jedem Einbrecher hin geschlurft, um mit ihm zu schmusen.

Ja, Snuggles schlurfte in letzter Zeit, ziemlich gemächlich sogar. Und er war in den letzten Wochen noch verschmuster als sonst schon. Ruth wusste nicht, ob das ein gutes Zeichen war oder eher ein schlechtes. Er wich kaum von ihrer Seite, und manchmal fühlte es sich so an, als würde er nur ständig mit ihr kuscheln wollen, um Abschied von ihr zu nehmen. Dann verwarf Ruth diese schrecklichen Gedanken schnell wieder.

Nein, Snuggles würde sie nicht auch noch verlassen. So unfair konnte das Leben nicht sein. Außerdem war Snuggles erst fünfzehn, und Katzen konnten doch bis zu zwanzig Jahre alt werden, richtig?

Jetzt kam der Kater auf Ruth zu, noch ein wenig langsamer als gestern, wenn es sie nicht täuschte.

»Da bist du ja, mein Lieber. Wie war dein Tag, hm?«

Snuggles schnurrte ein wenig vor sich hin und schmiegte sich an ihr Bein.

Sie nahm ihn hoch und gab ihm einen Kuss. »Ich will mich nur schnell von meinen dicken Sachen befreien, dann können wir uns gemütlich auf die Couch kuscheln, ja?«

Ruth setzte den Kater wieder ab und entledigte sich ihres dicken dunkelblauen Mantels und ihrer schwarzen Stiefel. Sie nahm die blaue Mütze und den Schal ab und warf beides auf die Flurkommode. Dann ging sie in die Küche, um sich einen Zimt-Tee zu machen und sich ein paar der Weihnachtsplätzchen aus der Packung aus dem Supermarkt auf einen Teller zu legen.

Früher hatte sie Plätzchen selbst gebacken, zusammen mit Tante Helen. Es war eine richtige Tradition gewesen, dass sie haufenweise Kekse backten, bevor Grandma Catherine kam. Ruths Grandma, die Mutter ihrer Mom und natürlich die von Helen, war sie stets am 24. Dezember besuchen gekommen. Sie hatte die Feiertage bei ihnen verbracht und war rechtzeitig am 30. Dezember wieder abgereist, um an Silvester zurück in Boston zu sein, wo sie mit ihren Freundinnen im Seniorencenter ins neue Jahr reinfeiern wollte. Dass die Senioren es wirklich schafften, bis Mitternacht wachzubleiben, bezweifelte Ruth, aber es war ihrer Grandma sehr wichtig, dabei zu sein. Sie packte Grandma Catherine auch immer zwei Dosen voll Plätzchen in ihren Koffer und an Neujahr rief diese jedes Mal an, um ihr mitzuteilen, dass die Kekse bereits alle seien und dass ihre Freunde im Seniorencenter ganz begeistert davon gewesen wären.

Vor vier Jahren hatte Ruth Grandma Catherine zum letzten Mal vom Flughafen abgeholt. Im Sommer darauf war sie von ihnen gegangen und sie war es diesmal, die ins Flugzeug stieg und vom Flughafen abgeholt werden musste – Tante Helen wollte wegen ihrer Katzen nicht mitkommen. Eine Mitarbeiterin des Seniorencenters stand mit einem Schild in der Ankunftshalle in Boston und brachte Ruth in Grandma Catherines kleine betreute Wohnung, die sie in den nächsten zwei Tagen komplett auflösen musste. Sie blieb bis zur Beerdigung, flog zurück nach Chicago, eine kleine Tasche voller Erinnerungen bei sich, und sie verließ die Stadt danach nie wieder.

»So, jetzt bin ich ganz für dich da«, sagte sie und stellte ihren Mitternachtssnack auf den kleinen schwarzen Couchtisch. Sie hob Snuggles zu sich aufs Sofa und schaltete den Fernseher ein.

Es lief gerade einer dieser kitschigen Weihnachtsfilme, natürlich, so kurz vor dem Fest. Dieser Film mit Susan Sarandon, in dem sie an Weihnachten ganz allein durch die Straßen New Yorks wanderte und sich bei der Familienfeier irgendwelcher Fremden einschlich. *Noel* hieß der Film, und Ruth konnte sich daran erinnern, ihn einmal zusammen mit Helen gesehen zu haben.

Als sie Susan Sarandon jetzt dabei zusah, wie sie am Krankenhausbett ihrer Mutter saß, konnte sie es nicht länger ertragen und schaltete um.

Auf dem nächsten Sender wurde eine alte Sendung ausgestrahlt, die eine Weihnachtsparade von 1998 zeigte. Die weiteren Sender zeigten ebenfalls nur unnützes Zeug wie etwa eine ältere Dame, die erklärte, wie man Weihnachtspräsente hübsch verpackt.

»Hätte mir vielleicht was genützt, wenn ich etwas zu verpacken gehabt hätte«, sagte Ruth verbittert und nahm sich den letzten Keks vom Teller.

Am liebsten hätte sie ihn sich wieder vollgemacht, doch sie hatte allein in den letzten Wochen zweieinhalb Kilo zugenommen. Sie war nicht dick, ganz im Gegenteil, aber sie wollte sich keine neuen Hosen kaufen müssen. Weihnachten war aber auch eine stressige Zeit. Oder besser gesagt eine frustrierende. Wenn man ganz allein auf der Welt war und genug Lebkuchen und Plätzchen im Haus waren, war das keine gute Kombination.

Als sie endlich einen Film fand, den sie sich ansehen wollte – *Ist das Leben nicht schön?* mit James Stewart – bemerkte sie, dass Snuggles eingeschlafen war. Sie streichelte ihm über das Fell.

»Hast du es gut, dass du nur ein ahnungsloser Kater bist«, sagte sie und ging sich doch noch ein paar Kekse holen. Mit denen kroch sie unter die dicke, mit Katzen bedruckte Wolldecke und sah dem Engel dabei zu, wie er James Stewart versuchte beizubringen, wie die Welt aussähe, wenn er nie geboren wäre.

Ruth überlegte, stellte sich vor, wie die Welt ohne sie aussähe. Würde sie überhaupt jemand vermissen? Würde es irgendeinen Unterschied machen?

Sie seufzte und biss in einen Keks in Form eines Engels.

Kapitel 3

»Bist du sicher, dass du dich nicht doch noch für den Heiligabend eintragen willst?«, fragte Becca sie zwei Tage später auf der Arbeit.

»Ganz sicher«, erwiderte Ruth.

»Mr. Martin hat angekündigt, doppeltes Gehalt zu zahlen«, informierte Becca sie.

Becca war eine zweiundvierzigjährige, brünette, ein wenig zu füllige, alleinstehende Frau, die zwar keine Katze, dafür aber zwei Papageien hatte, von denen sie ständig erzählte.

»Das ist mir egal. Ich habe Wichtigeres vor am Weihnachtsabend.«

»Familie, hm? Das ist schön, das ist wirklich schön. Wir sind Juden und feiern Weihnachten nicht, deshalb habe ich mich sofort eingetragen«, teilte sie allen mit, die es hören wollten.

Ruth ließ Becca in dem Glauben, dass sie den harmonischsten Abend des Jahres bei ihrer Familie verbringen würde und öffnete ein großes Glas Gewürzgurkenscheiben. Ihr entging allerdings nicht Trinas Blick. Trina war die Einzige, die über Ruths Privatleben Bescheid wusste, die wusste, dass sie überhaupt keine Familie mehr hatte. Zum Glück sagte sie aber nichts.

»Was ist mit dir, Daphne?«, rief Becca durch die Küche.

Daphne, eine Mittzwanzigerin, die eigentlich viel zu hübsch und viel zu klug war, um in einem Burger-Restaurant zu arbeiten, rief zurück: »Nur über meine Leiche. Ich habe ein Date mit einem heißen Typen.«

»Am Weihnachtsabend?«, fragte Trina mit gerunzelter Stirn.

»Da sind die Männer immer besonders großzügig, wenn ihr wisst, was ich meine.« Daphne drückte ein Auge zu und warf ihren langen seidigen Pferdeschwanz über die Schulter.

Ruth hatte keine Ahnung, was ihre Kollegin meinte, wollte es auch gar nicht so genau wissen. Denn Daphne war ziemlich versaut und hatte ständig nur Sex im Kopf. Etwas, das Ruth so lange nicht praktiziert hatte, dass sie es wahrscheinlich schon verlernt hatte.

»Ach was, Sex ist wie Fahrradfahren, das verlernt man so schnell nicht«, hatte Trina ihr ihr einmal gesagt, als sie über das Thema Beziehungen gesprochen hatten.

»Was hast du Nettes vor an Weihnachten?«, fragte Becca nun Trina.

»Ich verbringe das Fest der Liebe mit meinen Kindern. Wir machen Popcorn und sehen uns wie jedes Jahr *Schöne Bescherung* an. Das ist sozusagen unsere Weihnachtstradition.«

Das hörte sich perfekt an in Ruths Ohren.

»So, meine Damen, ich finde, jetzt sollte hier mal wieder gearbeitet werden«, ertönte eine Stimme. Mr. Martin hatte die Küche betreten. »Ihre ach so interessanten Geschichten können Sie ja später beim Kaffeekränzchen austauschen.«

»Idiot!«, hustete Daphne heraus.

»Wie bitte?« Mr. Martin stellte sich mit in die Hüfte gestemmten Händen auf und sah Daphne böse an.

Die grinste vor sich hin. »Gar nichts. Ich habe mich nur verschluckt.«

»Machen Sie nur weiter so, dann können Sie bald bei Burger King anfangen.«

»Bei Burger King schmecken die Fritten tausendmal besser als bei uns.«

»Wie Sie wollen. Ihre Gratifikation können Sie sich abschminken, Daphne.«

Ruth betrachtete Mr. Martin eingehend. Wenn er nicht so ein Blödmann gewesen wäre, hätte man ihn beinahe als attraktiv bezeichnen können. Er war hochgewachsen und hatte für seine achtundvierzig Jahre noch erstaunlich schwarzes Haar. Er trug immer Anzug und Krawatte und war stets frisch rasiert. Er hatte außerdem eines dieser Grübchen am Kinn, auf das so viele Frauen abfuhren. Mr. Martin war wie Trina geschieden, das hatten sie bereits herausgefunden, ob er allerdings eine neue Partnerin hatte, das wusste keiner.

»Becca, wo ist Ihr Rentiergeweih?«, fragte ihr Boss jetzt.

Becca stöhnte und holte es unter der Theke hervor. »Allein dafür, dass wir das tragen, sollten wir schon doppeltes Gehalt bekommen«, sagte sie genervt.

»Ha! Träumen Sie weiter. Und wenn sich noch mal jemand über das niedliche kleine Geweih beschwert, werde ich denjenigen in ein Ganzkörper-Rentierkostüm stecken und draußen auf dem Gehweg fürs *Lenny's* Werbung machen lassen.«

Der Mann überließ sie jetzt wieder ihrer Arbeit und ging in sein Büro, dessen Tür er stets offen stehenließ, damit er auch ja mitbekam, was im Restaurant und in der Küche los war.

»Der spinnt doch«, kam von Becca, extra laut, damit Mr. Martin es auch von seinem Büro aus hörte.

»Bekommen wir echt eine Gratifikation?«, erkundigte sich Daphne, die auf der anderen Seite der Küche am Drive-In-Schalter stand, jetzt. Sie war erst seit Mai bei ihnen beschäftigt.

»Ja, eine ganz besonders großzügige«, antwortete Trina und Ruth musste schmunzeln. Sie hatte erst ein einziges Weihnachten hier erlebt, aber die »Gratifikation« war ihr in Erinnerung geblieben.

»Im letzten Jahr hat unser sogenannter Weihnachtsbonus aus einem Gutscheinheft fürs *Lenny's* bestanden«, erzählte sie Daphne.

»Und im Jahr davor haben wir alle eine Baseballmütze und ein T-Shirt mit dem *Lenny's*-Logo bekommen«, ließ Becca sie wissen.

»Na, das sind ja tolle Aussichten«, stöhnte Daphne. »Da wechsle ich vielleicht sogar freiwillig zu Burger King.«

»Ach kommt, so schlimm waren die Geschenke nicht. Ich trage mein T-Shirt als Nachthemd. Und Mr. Martin ist eigentlich auch gar nicht so übel.«

Alle starrten Trina schockiert an.

»Er ist *gar nicht so übel*? Stehst du etwa auf unseren Boss, oder was?«, fragte Becca empört.

»Natürlich nicht. Aber er hat Michael und mich neulich zum Arzt gefahren, als er nach dem Fußballtraining mit seinem verletzten Bein herkam.«

»Oho! Ich weiß, wohin das führt«, sagte Becca aufgebracht. »Heute schleimt er sich durch deine Kinder bei dir ein und morgen geht ihr zusammen einen Weihnachtsbaum kaufen.«

»Du hast ja nicht alle Tassen im Schrank, Becca.« Trina lachte.

Ruth konnte über die beiden auch nur lachen. Allerdings kam ihr gerade eine Sache in den Sinn: Ließ Mr. Martin Trina etwa immer mit dem Gratisessen durchkommen, weil er wirklich etwas für sie empfand und ihr ein wenig unter die Arme greifen wollte?

War Mr. Martin vielleicht doch gar kein solcher Idiot, wie sie alle immer angenommen hatten?

»Wie auch immer«, sagte Trina zu Becca. »Ich glaube, du wirst am Ende die Einzige sein, die am Weihnachtsabend tatsächlich arbeitet.«

»Das wird Mr. Martin aber gar nicht gefallen. Er wird sicher noch ein paar Leute zwangseinteilen.«

Oh nein! Ruth hoffte nur, dass sie nicht die Auserwählte sein würde. Denn dann müsste sie wohl oder übel kündigen. Sie konnte ihre weihnachtliche Tradition nicht ausfallen lassen. Sie war alles, was sie noch hatte.

»Und du willst wirklich zum Flughafen fahren?«, fragte Tante Helen. »Selbst nachdem du niemanden mehr hast, den du abholen könntest?«

Es war das Weihnachten, nachdem Grandma Catherine gestorben war, und Helen hatte recht: Es gab niemanden mehr zum Abholen.

»Ja, das möchte ich«, erwiderte Ruth. »Ich habe es die letzten Jahre immer getan und finde es einfach schön, die Menschen dabei zu beobachten, wie sie sich glücklich in die Arme fallen.«

»Und wie lange hast du vor, am Flughafen zu verweilen?«

»Das weiß ich noch nicht. Warte nicht auf mich, geh ruhig schon schlafen.«

»Aber es ist Heiligabend, Süße.«

»Ich weiß. Ich verbringe ja den ganzen Weihnachtstag morgen mit dir, versprochen. Aber ich muss das einfach tun, Helen, auch wenn du es nicht verstehst.«

Helen sah sie besorgt an. »Nun gut, wenn es das ist, was du willst.«

Ruth nickte. Das war es, was sie wollte, und nichts und niemand konnte sie davon abhalten ...

»Wollen wir uns auch wieder was schenken?«, hörte sie Trina jetzt fragen.

Ruth rüttelte sich wach. Sie verlor sich sehr häufig in Erinnerungen, besonders zu dieser Zeit des Jahres.

»Von mir aus gerne«, antwortete sie.

»Ich bin auch dabei«, kam von Becca. »Was ist mit dir, Daphne?«

»Sorry, aber ich muss jeden Cent beisammenhalten. Ich will mir die Brüste machen lassen.«

Becca drehte sich von Daphne weg, verdrehte die Augen und flüsterte, sodass nur Ruth und Trina es hörten: »Was ist ihr Problem?«

Trina zuckte nur die Schultern. »Leben und leben lassen.«

»Okay, wie viel wollen wir für die Geschenke ausgeben und wann wollen wir sie uns überreichen?«, fragte Ruth schnell nach, bevor es zu Spannungen kommen konnte.

»Sagen wir zehn Dollar?«, schlug Trina vor.

»Einverstanden. Und wir übergeben sie uns bei der Weihnachtsfeier«, sagte Becca.

»Es gibt eine Weihnachtsfeier?«, rief Daphne herüber.

Becca lachte. »Wenn man es so nennen will. Mr. Martin hält eine Ansprache, wir trinken billigen Glühwein und bekommen unseren Weihnachtsbonus. Das Ganze findet am dreiundzwanzigsten statt. Hast du denn nicht den Zettel am Schwarzen Brett gesehen?«

Daphne schüttelte den Kopf. »Nehmen daran alle teil? Auch die Fahrer?«

»Ich denke schon, ja. Wieso fragst du?«

»Nur so.« Daphne errötete leicht. Und Ruth wusste ganz genau, weshalb. Sie hatte nämlich die Blicke wahrgenommen, die Daphne und einer der Fahrer, Julio, sich ständig zuwarfen.

»Na, ich bin wirklich auf unseren diesjährigen Bonus gespannt«, sagte Trina. »Mein Nachthemd ist schon ganz verwaschen, ich könnte gut ein neues gebrauchen.« Sie zwinkerte Ruth zu. »Geht es dir gut, Kleines?«, erkundigte sie sich, als Becca und Daphne wieder ihrer Arbeit nachgingen.

»Es geht mir gut«, gab sie zur Antwort.

»Sehr überzeugend hört sich das nicht an.«

»Die Weihnachtszeit ist nicht einfach, das ist alles. Mach dir keine Sorgen, ich werde sie schon unbeschadet überstehen.«

Trina wusste Bescheid. Darüber, dass Tante Helen tot war. Dass Grandma Catherine tot war. Dass ihre Eltern tot waren. Dass Terence tot war. An einem wirklich demütigenden Tag, an den sie nicht gerne zurückdachte, hatte Ruth ihr unter Tränen alles erzählt.

»Ich mache mir aber Sorgen. Wenn du magst, kannst du Weihnachten bei uns verbringen. Die Kinder haben bestimmt nichts dagegen.«

»Das ist wirklich lieb von dir. Aber ich habe nicht gelogen, als ich sagte, ich habe schon etwas vor.«

»Und was?«

Was sollte sie ihrer Freundin erzählen? Dass sie den Heiligabend am Flughafen bei einem Haufen fremder Menschen verbringen würde, oder dass sie den Weihnachtstag allein mit Snuggles auf der Couch verbringen würde, dabei alte Fotoalben ansehen, ein paar supertraurige Weihnachtsfilme anschauen und tonnenweise billige Plätzchen aus dem Supermarkt verdrücken würde? Was von beidem war armseliger?

»Ich habe meine eigenen Traditionen, denen ich nachgehe, Trina«, antwortete sie also nur.

»Also gut. Aber wenn du es dir anders überlegst, bist du bei uns jederzeit willkommen, ja?«

Sie nickte. »Danke, das weiß ich zu schätzen.«

»Ladies! Ich höre schon wieder nur Geschnatter!«, hörten sie von irgendwoher. »Ran an die Arbeit, aber dalli!«

Sie alle mussten lachen.

»Aber dalli!«, äffte Becca Mr. Martin nach und ließ ihr Rentiergeweih wieder unter der Theke verschwinden.

Kapitel 4

»Du musst wirklich nicht die ganze Zeit bei mir bleiben«, sagte Tante Helen, als Ruth ihr Buch aus der Handtasche holte und es sich in dem Stuhl am anderen Ende des Behandlungszimmers gemütlich machte.

»Natürlich bleibe ich bei dir, keine Widerrede«, entgegnete die zweiundzwanzigjährige Ruth bestimmt.

»Ich werde jetzt sehr oft zur Dialyse müssen. Du kannst dir doch nicht jedes Mal in der Firma freinehmen, um mitzukommen.«

»Mach dir darüber keine Gedanken, Helen. Das habe ich alles geregelt.«

»Es ist aber wirklich nicht nötig.«

»Doch, das ist es.« Sie würde Helen auch weiterhin begleiten, egal, was sie sagte.

Sie würde sogar noch viel mehr tun, und das hatte sie bisher nur dem Arzt anvertraut. Sie würde Helen eine Niere spenden, wenn nötig ...

»Ruth, ich fühle mich schrecklich, weil du dich so für mich aufopferst«, sagte Helen einige Wochen später. Sie saßen wieder einmal in einem Behandlungsraum, warteten auf den Arzt. »Du musst nicht auf alles verzichten wegen mir. Und dein Job ...«

»Den habe ich längst verloren, Helen. Aber das ist unwichtig. Du bist wichtig, sonst nichts, okay?«

»Ach, meine Süße. Das tut mir leid. Ich wünschte, du würdest auf mich hören und endlich wieder anfangen zu leben. Spaß zu haben.«

»Wann hörst du endlich auf damit? Wie könnte ich Spaß haben, wenn es dir so schlechtgeht?«

Ruth schüttelte betrübt den Kopf. Inzwischen waren sie beide nicht mehr so guter Hoffnung. Und der Arzt bestätigte nun ihre Annahme. Er betrat den Raum und setzte sich an seinen Schreibtisch. In seinen Augen konnte Ruth Mitleid erkennen.

»Ihre chronische Niereninsuffizienz hat sich verschlimmert, Miss Keane. So leid es mir tut, Ihnen das zu sagen ... Wenn wir nicht bald eine Spenderniere für Sie finden, sieht es schlecht aus.«

»Was ist mit meiner *Niere?«, fragte Ruth und vergaß für einen Moment, dass sie Helen nichts von ihrem Vorhaben gesagt hatte.*

Der Arzt schüttelte den Kopf. »Die Laborergebnisse sind zurück. Leider sind Sie nicht als Spenderin geeignet.«

Ruth fühlte, wie ihr Tränen in die Augen schossen.

»Aber ... was kann man denn sonst noch tun?«

»Moment mal, du wolltest dich als Spenderin zur Verfügung stellen?«, fragte Helen fast gleichzeitig.

Ruth sah ihre Tante an. »Ich will einfach nur, dass du wieder gesund wirst.«

Dr. Morrison faltete seine Hände auf dem Tisch und sah Helen ernst an. »Gibt es keine weiteren Verwandten? Irgendjemanden, der eventuell dazu bereit wäre, eine Niere für Sie zu opfern?«

Helen und Ruth schüttelten zeitgleich den Kopf.

»Wir haben nur noch uns«, informierte ihn Helen.

»Dann müssen wir auf ein Wunder hoffen. Die Warteliste ist lang, und Ihnen bleibt nicht mehr viel Zeit.«

Ein Wunder ... Darauf hoffte Ruth tagtäglich. Sie betete zu Gott und hoffte so, dass er sie erhören würde. Doch ihre Gebete blieben unerhört und ihr Wunder wurde nicht wahr.

Weitere acht Wochen später war Helen so schwach, dass sie nicht mehr aus dem Bett aufstehen konnte. Ruth musste ihr nicht nur das Essen und Trinken ans Bett bringen, das Helen kaum noch anrührte, sondern auch die Bettpfanne.

»Ruth, du musst mir jetzt ganz genau zuhören, ja?«, bat Helen sie eines Morgens nach dem Aufwachen.

Ruth nahm Helens Hand. Sie hatte die Nacht auf dem Sessel neben ihrem Bett verbracht.

»Was ist denn, Helen?«

»Bitte bring mich ins Hospiz. So, wie der Doktor es vorgeschlagen hat.«

»Nein, das werde ich auf keinen Fall tun«, sagte sie vehement.

»Ich flehe dich an. Ich kann nicht mehr, Ruth. Ich bin so furchtbar schwach und habe solche Schmerzen, ich verfluche jeden Morgen, den ich überhaupt noch aufwache.«

Ruth sah ihre Tante schockiert an. So hatte sie sie noch nie reden gehört. Ob es an dem neuen Medikament lag?

»Außerdem kann ich nicht mehr mit ansehen, wie du dich mir zuliebe selbst kaputtmachst«, fuhr Helen fort. »Was ist denn das für ein Leben für dich? Ist es nicht schlimm genug, dass mein Leben hinüber ist?«

»Was sagst du denn da, Helen? Ich tue das alles gerne für dich. Ich will für dich da sein, wie du für mich da gewesen bist. Damals, als Mom und Dad ... und all die Jahre seither.«

»Aber das bist du doch. Du bist für mich da, Süße. Und ich werde das nie vergessen. Der liebe Gott wird dich sicherlich belohnen für dein gutes Herz und dein aufopferndes Verhalten, nur ... Ruth, ich mag nicht mehr. Bring mich ins Hospiz. Tu mir diesen letzten Gefallen.«

»Das Hospiz ist teuer, Helen. Wir können es uns nicht leisten, dich dorthin zu bringen.«

»Im Krankenhaus haben sie doch gesagt, dass die Life Aid Organisation die Kosten übernehmen würde«, erinnerte Helen sie. Die Organisation hatte Helen in ein Studienprogramm für ein vielversprechendes neues Medikament bei Nierenversagen aufgenommen, und die Kosten für die komplette Behandlung übernommen.

»Aber das ist sicher ein ganz miserables Hospiz. Die bringen die Leute da nur hin, um zu sterben, Helen. Wenn, dann solltest du in ein gutes Krankenhaus kommen, eines, wo es schön ist, wo sie sich gut um dich kümmern.«

»Ach, Ruthie«, sagte Helen und drückte ihre Hand. »Ich gehe doch aber nur aus diesem einen Grund dorthin. Da ist es egal, wie schön mein Zimmer eingerichtet ist.«

Ruth begann nun zu weinen. »Und was ist mit deinen Katzen?«

»Um die wirst du dich kümmern, da bin ich mir sicher.«

Das bezweifelte Ruth. Sie konnten sich jetzt schon kaum mehr über Wasser halten. Ihren Job hatte sie vor Monaten verloren, und sie beide lebten nur von dem *bisschen, was Helen monatlich in Form einer Frührente überwiesen bekam und von dem, was Ruth in den letzten Jahren von ihrem Einkommen beiseitegelegt hatte. Sie konnten nur froh sein, dass das Studienprogramm die vielen Krankenhauskosten mit einschloss, die sich angehäuft hatten. Sie hätten Ruth sonst in den Ruin getrieben, die Schulden hätte sie bis ans Ende ihres Lebens nicht abbezahlen können.*

»*Ach, Helen*«, *schluchzte sie.* »*Wenn es wirklich das ist, was du möchtest.*«

Wie könnte sie ihr ihren letzten Wunsch abschlagen?

»Miss? Wachen Sie auf, wir sind an der Endstation«, hörte sie eine Stimme und merkte, wie jemand an ihr rüttelte.

»Wie bitte?« Sie sah in die Augen eines bärtigen afroamerikanischen Mannes um die fünfzig.

»Miss, Sie sind in Forest Park. Ich bin der Zugfahrer. Sie müssen jetzt aussteigen. Das war die letzte Fahrt für heute. Gleich kommt das Reinigungspersonal.«

Oje. Sie musste eingeschlafen sein.

»Und wie komme ich jetzt nach Hause?«

»Fahren Sie mit dem Nachtbus zurück ins Zentrum.«

Ruth nickte und folgte den Anweisungen des Mannes.

Um kurz vor halb drei war sie endlich zu Hause angekommen und fiel todmüde aufs Bett. Dann überkam sie ein ängstliches Gefühl. Snuggles hatte sie an der Haustür gar nicht begrüßt. Sicher schlief er nur schon, aber um auf Nummer sicher zu gehen, stand sie noch einmal auf, um nach ihm zu sehen.

Im Schlafzimmer war er nirgends zu entdecken, und auch im Wohnzimmer auf seiner Lieblingsdecke fand sie ihn nicht an. Als sie jedoch die Küche betrat …

»Snuggles!«, rief sie panisch. »Snuggles …«

Sie begann zu weinen und fiel auf die Knie. Nahm den leblosen Kater in den Arm und konnte nicht glauben, dass ihr auch noch der letzte Freund auf Erden genommen worden war.

Kapitel 5

Ruth lag die ganze Nacht bei Snuggles auf dem Küchenboden und weinte. Sie konnte sich gar nicht wieder beruhigen. Fragte sich, warum das Leben so unfair zu ihr war. Sie hatte einfach alles verloren. Ihre gesamte Familie, ihre große Liebe, ihren Job, nicht, dass der ihr wirklich wichtig gewesen wäre, und nun auch noch ihren Kater. Ihren Snuggles. Ihren letzten Verbündeten.

Schluchzend stand sie irgendwann im Morgengrauen auf, wickelte Snuggles in eine Decke und begab sich in ihr Bett. Dort schlief sie ein paar Stunden und rief dann den Tierbestatter an, der Snuggles noch am selben Nachmittag abholte.

Völlig kraftlos ließ sie ihn gehen, machte sich für die Arbeit fertig und traf um Punkt 16:00 Uhr im *Lenny's* ein.

Mr. Martin, der gerade vor der Eingangstür auf der Leiter stand, um eine kaputte Glühbirne auszuwechseln, sah sie irritiert an.

»Ruth, was ist denn mit Ihnen passiert?«

Sie sah hinauf zu ihrem Boss, und Tränen stiegen ihr wieder in die Augen. »Nichts. Alles okay.«

Sie trat durch die Tür und ging in den Umkleideraum, wo sie sich die rot-weiß-gestreifte Uniform anzog und ihre Sachen in den Spind sperrte. Sie hatte die Tür schon zugeschlossen, als sie sich an das blöde Rentiergeweih erinnerte und es noch schnell herausholte. Sie setzte es auf und war sich nie lächerlicher vorgekommen.

Was tat sie hier eigentlich? Was war nur aus ihr geworden?

Nach der High School hatte sie nicht, wie die meisten ihrer Freundinnen, daran gedacht, aufs College zu gehen. Sie wollte bei Tante Helen bleiben und hatte sich dazu entschlossen, einen Sekretärinnenkurs zu absolvieren. Sie war gut, sie war schnell, sie konnte 250 Anschläge pro Minute tippen. Und sie fand auf Anhieb einen Job in einer Firma, die Instantgetränke herstellte. Sie bestand die Probezeit und nahm eine Ganztagsstelle an. Sie verdiente gutes Geld und sie lernte eines Mittags im Sandwichshop am Ende der Straße Terence kennen …

»Ruth? Was ist passiert?«, hörte sie Trina fragen. Ihre Freundin sah sie schockiert an. »Du siehst aus, als hättest du überhaupt nicht geschlafen.«

»Snuggles ist gestorben«, erzählte sie und versuchte, dabei nicht schon wieder in Tränen auszubrechen. Allerdings gelang es ihr nicht.

»Oh nein …« Trina war sofort an ihrer Seite und nahm sie in die Arme.

Es tat gut, sich bei jemandem anlehnen zu können.

»Was hat das Schicksal sich nur bei dir gedacht? Wieso muss das alles dir passieren?«

»Vielleicht habe ich ja nichts Besseres verdient«, schluchzte Ruth.

»Nun hör aber auf, solch einen Unsinn zu reden! Du bist so ein guter Mensch, denk doch nur daran, wie du für deine Tante da warst. Und du hast immer ein offenes Ohr für mich, wenn ich mich mal wieder über mein ach so schweres Leben beklage. Wenn ich mir allerdings deins ansehe, werde ich wohl aufhören, mich zu beklagen.«

Ruth wischte sich die Tränen weg. »Es wird schon wieder.«

Würde es das? Würde wirklich irgendwann alles wieder gutwerden? Wie konnte es das, wenn sie doch nun ganz allein auf der Welt war? Keiner von ihren Lieben würde wieder zurück auf die Erde kehren. Der einzige Weg, wieder mit ihnen zusammen zu sein, war der, zu ihnen zu gelangen.

Und dies war der Moment, in dem Ruth zum ersten Mal daran dachte, sich das Leben zu nehmen ...

»Soll ich Mr. Martin bitten, dich nach Hause gehen zu lassen?«, fragte Trina und reichte ihr noch ein Taschentuch.

Ruth schüttelte den Kopf. »Nein, bitte nicht. Zu Hause würde ich jetzt durchdrehen. Ich will hierbleiben, arbeiten, mich ablenken.«

»Fühlst du dich wirklich dazu in der Lage? Nicht, dass du mir noch umkippst.«

»Das werde ich nicht, mach dir keine Sorgen.«

»Du hast leicht reden. Natürlich mache ich mir Sorgen, du bist meine Freundin.« Trina rückte ihr das Geweih zurecht und sah ihr mitleidig in die Augen.

»Mir geht es gut. Na ja, nicht gut, aber es wird mir gutgehen.«

Dies war das zweite Mal, dass Ruth daran dachte, sich das Leben zu nehmen.

»Okay, wenn du meinst.«

Sie gingen gemeinsam in die Küche und Ruth holte eine Tüte gefrorener Fritten aus der Truhe. Dabei lächelte sie innerlich. Denn sie hatte beschlossen, diesem armseligen Dasein ein Ende zu machen.

»Hey, Ruth. Alles okay?«, fragte Becca. »Du siehst so fertig aus.«

»Ihre Katze ist gestorben«, antwortete Trina für sie.

»Ach, wie traurig. Tut mir leid, Ruth.« Sie tätschelte ihren Arm mit der behandschuhten Hand.

»Danke.«

»Becca, wo ist Ihr Geweih?«, hörten sie schon wieder Mr. Martins genervte Stimme ertönen.

»Verdammt!«, sagte Becca und kramte schnell ihr Geweih hervor.

Mr. Martin sah sie böse an, doch dann begann er zu lächeln und holte etwas hinterm Rücken hervor. Ein neues Rentiergeweih, eins, das, als er es jetzt anstellte, rot zu blinken begann.

»Das ist nicht Ihr Ernst!«, stieß Becca hervor.

»Oh doch. Ab sofort werden Sie dieses hier tragen. Und wenn ich Sie noch einmal ohne sehe, streiche ich Ihnen den Urlaub.«

»Meinen Ski-Urlaub? Das können Sie doch nicht machen!«

»Wollen Sie es darauf ankommen lassen?« Mr. Martin grinste breit wie der Grinch, er hatte den Sieg in der Tasche und das wusste er.

Becca schmollte vor sich hin. Und Trina schmachtete ihren Boss an, zumindest sah es ganz danach aus.

»Geht es Ihnen gut, Ruth? Sind Sie krank?«, fragte er.

»Ein Todesfall in der Familie«, informierte Trina ihn.

»Mein Beileid. Möchten Sie den Tag frei haben?«, bot Mr. Martin an.

»Nein, danke, das ist nicht nötig«, antwortete Ruth.

»Alles klar. Dann gehen Sie bitte alle wieder an die Arbeit. Und denken Sie an unsere Weihnachtsfeier am Samstag.«

»Wie könnten wir die vergessen?«, sagte Becca sarkastisch.

»Wir freuen uns schon auf unseren Weihnachtsbonus«, grinste Trina.

Sogar Ruth musste grinsen, erinnerte sich aber schnell daran, dass sie in Trauer war und stellte das Grinsen ab.

Sie wusste nicht, warum sie plötzlich guter Dinge war, warum sich ihre Laune verbessert hatte. War es, weil …

»Wisst ihr, was ich heute Morgen in der Zeitung gelesen habe?«, fragte die blinkende Becca in die Runde, als Mr. Martin weg war. »Dass sich an Weihnachten mehr Menschen umbringen als das ganze restliche Jahr über.«

Ruth horchte auf.

»Das ist doch nichts Neues«, erwiderte Trina. »Ich glaube, das war schon immer so. Ist ja auch eine beschissene Zeit. Vor allem, wenn man ganz allein ist. Zum Glück habe ich meine Kinder.«

»Du sagst es. Zum Glück habe ich Johnny und June.« Das waren Beccas Papageien. Sie hatte sie nach Johnny Cash und June Carter benannt.

»Zum Glück habe ich ein heißes Date«, kam es von Daphne am Drive-In-Schalter. Sie hatte sich heute das hellbraune Haar zu zwei Knoten gebunden und sah mit dem Geweih wie eine Kreuzung aus Hamster und Rentier aus.

Ruth konnte nichts beitragen. Denn sie hatte niemanden.

Trina schien dasselbe zu denken. »Süße, willst du nicht doch Weihnachten bei uns verbringen?«

Nur, um ihre Ruhe zu haben, lächelte sie und antwortete: »Ich werde drüber nachdenken, okay?«

Damit war Trina zufrieden. Sie musste lachen. »Du siehst wirklich bescheuert aus mit dem Ding.« Sie zeigte auf Beccas neues blinkendes Geweih.

»Ich hoffe, Mr. Martin ist in diesem Jahr einer dieser einsamen Menschen, die sich vom Dach stürzen«, verlieh Becca ihrem Ärger Ausdruck.

»Das ist gemein, Becca. Mit so etwas solltest du nicht spaßen.«

»Ich meine das ganz ernst.«

Trina schüttelte nur den Kopf, aber in Ruths Gehirn begann es zu rattern.

Vom Dach würde sie sich wahrscheinlich nicht stürzen, da würde sie etwas Besseres finden. Aber der Gedanke daran, bald wieder bei ihren Eltern und Terence und Tante Helen sein zu dürfen, bereitete ihr ein beglückendes Kribbeln im ganzen Körper. Ob wohl Katzen auch in den Himmel kamen? Apropos Himmel … Stand nicht irgendwo geschrieben, dass Selbstmörder in der Hölle endeten?

Allerdings war das Leben auf Erden schon die Hölle für Ruth, es war es auf jeden Fall wert, einen Versuch zu wagen. Und wenn der liebe Gott Gnade mit ihr hatte, würde er ein Auge zudrücken und sie geradewegs auf Wolke Sieben katapultieren – zu ihren Liebsten, die sie so schrecklich vermisste.

»Mögt ihr Duftkerzen?«, hörte sie Becca fragen und drehte sich zu ihr um.

»Klar, die mache ich mir immer beim Baden an«, erzählte Trina.

Auch Ruth nickte. »Die finde ich schön.«

»Na, dann weiß ich ja schon, was ich euch schenken kann.«

»Du darfst das doch nicht verraten, dann ist es keine Überraschung mehr«, schimpfte Trina.

»Die Duftsorte ist die Überraschung.« Becca zwinkerte ihnen zu.

Das erinnerte Ruth daran, dass sie auch noch die Geschenke besorgen musste. In vier Tagen war Heiligabend. Den würde sie wie immer am Flughafen verbringen, sie wollte noch ein letztes Mal ihrer liebgewonnenen Tradition nachgehen. Und gleich danach, an Weihnachten, würde sie sich für immer von dieser traurigen Welt verabschieden.

Kapitel 6

Ruth hatte alle Vorkehrungen getroffen. Sie hatte das Kabelfernsehen gekündigt, ihren Handyvertrag ebenfalls. Sie hatte alles aufgegessen, was sie noch im Kühlschrank gehabt hatte, und hatte auch nichts Neues mehr gekauft. Sie hatte das Meiste ihrer Kleidung zur Wohlfahrt gebracht und hübsche, brauchbare Dinge, die sie in der Wohnung fand, eingewickelt und den Nachbarn vor die Tür gelegt. Das waren zum Beispiel eine noch in Folie verpackte Weihnachts-CD, eine Flasche Wein, eine noch unbenutzte Flasche Parfum und ein Geschirrhandtuch mit einem lachenden Santa Claus darauf.

Die Lebensmittel, die sich noch in den Schränken befanden, wie zum Beispiel unzählige Packungen Kekse, hatte sie ebenfalls weihnachtlich verpackt und war damit auf die Straße gegangen, um sie den Obdachlosen zu geben.

Die Rassel, die sie für Snuggles besorgt hatte, warf sie in den Mülleimer, eine Träne fiel ihr nach.

Sie hatte Geschenke für Trina und Becca und auch für Daphne und Mr. Martin gekauft. Jeder von ihnen bekam eine wunderschöne Metalldose, in die sie Weihnachtstee, Wollhandschuhe und eine kleine Schachtel Pralinen gelegt hatte. Eine hübsche rote Schleife zierte die grün verpackten Präsente.

Der Tierbestatter rief an und teilte ihr mit, dass Snuggles´ Bestattung auf dem Tierfriedhof nächste Woche Donnerstag stattfinden würde, und sie bedauerte sehr, nicht dort sein zu können. Sie überwies den anfallenden Betrag und beglich auch alle anderen offenen Rechnungen.

Am Samstag nahm sie an der Weihnachtsfeier im *Lenny´s* teil, die während der Arbeitszeit stattfand, natürlich, weil das *Lenny´s* durchgehend bis Mitternacht geöffnet hatte. Aus diesem Grund konnten nie alle gleichzeitig feiern, sondern es musste sich abgewechselt werden. Doch Mr. Martin stellte die Musik heute so laut, dass sie sie auch hinten in der Küche hörten, und so ertönten *Jingle Bell Rock* und *Santa Claus Is Coming to Town* aus den Lautsprechern, und es wurde sogar beim Burgerbraten und beim Essenherausgeben getanzt.

»Wollen wir uns jetzt unsere Geschenke geben?«, fragte Trina.

Sie alle holten ihre Mitbringsel hervor, überreichten sie sich gegenseitig und umarmten sich weihnachtlich gestimmt.

Von Becca bekam Ruth eine Duftkerze in der Sorte Christmas Cookie, Trina schenkte ihr ein rosa Kissen in Herzform. Und Mr. Martin kam ganz fröhlich an und drückte jedem Mitarbeiter eine kleine Schachtel in die Hand. Als sie sie öffneten …

»Juhu! Wieder *Lenny´s*-Gutscheine!«, rief Becca aus, mehr sarkastisch als alles andere.

»Oh, wie schade. Ich hätte lieber wieder ein Nachthemd gehabt«, bedauerte Trina.

»Wie bitte?« Mr. Martin sah sie stirnrunzelnd an.

»Das T-Shirt, das wir zu Weihnachten vor zwei Jahren bekommen haben. Das benutze ich als Nachthemd.«

Mr. Martins Augen weiteten sich auf merkwürdige Weise und er sagte: »Kommen Sie mal mit in mein Büro, Trina. Ich denke, da habe ich noch welche.«

»Aber ich muss doch die Shrimps frittieren.«

»Das kann Ruth mit übernehmen.«

Trina folgte Mr. Martin, drehte sich dabei noch einmal um und zwinkerte ihnen zu.

Ruth musste grinsen. Was in Mr. Martins Büro wohl passieren würde?

»Das ist ja widerlich«, machte Becca ihre Abscheu deutlich.

»Ich finde, die beiden würden sehr gut zusammen passen«, sagte Ruth und meinte es so.

Sie würde Trina wirklich vermissen …

Zwanzig Minuten später kam die Gute zurück in die Küche und strahlte wie ein Honigkuchenpferd.

»Sag nichts!«, kam gleich von Becca, die ein angeekeltes Gesicht machte.

»Was du wieder denkst.« Trina grinste und schien wirklich glücklich.

»Es ist nichts passiert?«, erkundigte sich Ruth schmunzelnd.

»Das hab ich nicht gesagt.« Sie kniff ein Auge zu.

»Habt ihr euch etwa geküsst?«

»Du Verräterin!«, meinte Becca.

»Nein, haben wir nicht, zu meinem Bedauern. Aber er will mit mir ausgehen. Nächste Woche. Ich soll mir einen Tag aussuchen und ihm Bescheid geben.«

»Ich finde das toll«, sagte Ruth ihr. »Du hast es verdient, einen netten Mann an deiner Seite zu haben.«

»Nett? Das kann man von dem Blödmann aber nicht gerade behaupten.«

»Du hast zu viele Vorurteile, Becca«, fand Ruth. »Im Grunde kennen wir ihn doch gar nicht. Vielleicht ist er privat ganz anders.«

»Als Boss ist er auf jeden Fall ein Arsch.«

»Muss man das als Boss nicht sein?«, fragte nun Trina. »Ist nicht jeder Boss ein Arsch?«

»Immerhin hat er uns Gutscheine fürs *Lenny's* geschenkt.« Ruth wedelte mit dem kleinen Gutscheinheft. Davon würde sie auch nichts einlösen können. Vielleicht sollte sie es Becca schenken. Trina brauchte es nicht, da sie ja eh nie für ihr Essen bezahlte. Oh, ein Obdachloser auf der Straße würde sich sicher darüber freuen.

»Mir kannst du den nicht schmackhaft machen«, meinte Becca und verzog erneut das Gesicht.

»Hör nicht auf sie. Ich finde, ihr wärt ein wirklich schönes Paar«, versicherte Ruth Trina.

»Ja, das finde ich auch. Ich mache gleich Feierabend. Morgen haben wir beide frei. Und am Weihnachtstag hab ich mir auch freigenommen. Arbeitest du da?«

»Nein, ich habe ebenfalls frei.«

Auch wenn sie es bisher nicht übers Herz gebracht hatte, zu kündigen, da dann alle nachgefragt hätten, warum sie es tat, hatte sie sich doch den Feiertag freigenommen. Um ihr Vorhaben umzusetzen.

Sie war sich nur noch nicht ganz sicher, ob sie es mit Helens Schmerztabletten machen oder doch lieber von einer Brücke springen sollte. Sie hatte nie schwimmen gelernt, es würde so einfach sein.

»Versprich mir, dass du bei uns vorbeikommst, ja?«

»Ich verspreche es«, sagte Ruth, auch wenn es ihr leidtat, ihre Freundin anlügen zu müssen und vor allem ihr Versprechen nicht einhalten zu können.

»Ich wünsche euch allen frohe Weihnachten!«, rief Trina noch einmal laut in die Küche und verschwand.

»Bye, Trina. Danke, dass ich deine Freundin sein durfte«, flüsterte Ruth so leise, dass es keiner hören konnte.

Als sie vier Stunden später selbst das Restaurant verließ, war sie sogar ein bisschen wehmütig. Auf dem Heimweg warf sie ihre Kündigung, die sie den ganzen Tag bei sich getragen hatte, in einen Briefkasten. Die Post war zu dieser Zeit des Jahres völlig überfordert, der Brief würde sicher erst Mitte bis Ende nächster Woche eintreffen. Und dann wäre schon alles vorbei.

Ruth schnürte ihren Mantel enger und zog sich die Mütze ins Gesicht, denn in diesem Moment begann es zu schneien.

Sie hatte den Schnee immer geliebt, er war wie ein Abschiedsgeschenk nur für sie allein. Sie sah zum Himmel, öffnete den Mund und fing mit der Zunge eine Schneeflocke auf. Mit einem Lächeln im Gesicht machte sie sich auf nach Hause.

Kapitel 7

Heiligabend, 14:00 Uhr. Ruth zog sich ihr liebstes Outfit – ein weinrotes Wollkleid, eine schwarze Strumpfhose, schwarze hohe Stiefel und den schwarzen Mantel – an, kämmte sich das lange Haar und versuchte sich selbst an einem französischen Zopf, so, wie ihre Mutter ihn ihr früher immer geflochten hatte. Sie schminkte sich dezent, ein wenig Mascara, ein Hauch von Rouge, dazu jedoch der auffällige, dunkelrote Lippenstift, der sich »Christmas Rose« nannte.

Sie sah sich noch einmal in der Wohnung um, die noch vor wenigen Jahren mit Leben gefüllt gewesen war, mit Tante Helen, den sieben Katzen, darunter ihr Snuggles. Ihr Blick fiel auf die Fotoalben, die auf dem Couchtisch lagen und die sie sich wieder und wieder angesehen hatte.

»Bald bin ich bei euch, lasst mich nur noch diese eine Sache machen«, sprach sie zu den Alben, die Bilder von ihren lieben Eltern, von Grandma Catherine und von Tante Helen enthielten.

Dann fasste sie sich an die Herzkette, die sie um den Hals trug. Die Kette, die ihr ein ganz besonderer Mensch geschenkt hatte, die Kette, die sie nach seinem Tod nie mehr hatte umbinden können, einfach weil es zu sehr wehtat. Heute jedoch war es etwas anderes. Heute zählte der Schmerz der Vergangenheit nicht mehr.

Sie zog die Tür hinter sich zu und machte sich nicht die Mühe, sie abzuschließen.

Auf dem Weg zur Hochbahn dachte sie daran, wie sie früher immer mit dem Auto zum Flughafen gefahren war, um Grandma Catherine abzuholen. Sie war so stolz gewesen, nachdem sie mit sechzehn den Führerschein gemacht hatte. Helen hatte oft auf dem Beifahrersitz gesessen und sie gelobt, weil sie sich so geschmeidig in den Verkehr einreihte. Nachdem Grandma Catherine aber gestorben war und Terence im September darauf passiert war, was ihm eben passiert war, hatte sie das Auto stehenlassen. Wenn man es genau nahm, hatte Ruth sich seitdem in überhaupt kein Auto mehr gesetzt – wie hätte sie es können?

Als Helen krank wurde, mussten sie den Wagen verkaufen und bedauerten es nicht. Ruth hatte sich an die öffentlichen Verkehrsmittel gewöhnt.

In der Bahn saßen ihr nun zwei ältere Damen gegenüber. Beide waren in festlicher Stimmung, die eine trug sogar Ohrringe in Form von Weihnachtsbaumkugeln. Die andere erzählte gerade von ihrer Enkelin, die die Rolle des Lamms im Krippenspiel ergattert hatte.

»Sie freut sich so«, sagte sie und Ruth sah der weißhaarigen Frau an, dass sie sich mindestens ebenso freute.

»Ich finde es schön, dass sie den Kindern noch immer die alten Werte vermitteln. Der Gang zur Kirche an Weihnachten ist doch besonders prägend«, meinte die andere.

»Ach, die jungen Leute gehen doch heute alle gar nicht mehr in die Kirche. Waren Sie schon mal beim Weihnachtsgottesdienst?«

Ruth brauchte einen Moment, um zu begreifen, dass sie gemeint war.

»Wie bitte?«, fragte sie die Frau.

»Ich würde gerne wissen, ob Sie zum Weihnachtsgottesdienst gehen.«

»Das habe ich früher getan. Es ist lange her.«

Seit ihre Eltern tot waren, war sie an Weihnachten nicht mehr in der Kirche gewesen, oder überhaupt irgendwann. Was nicht bedeutete, dass sie aufgehört hätte, an Gott zu glauben. Sie sprach nach wie vor jeden Abend ihr Gebet und wünschte sich ein Wunder herbei, das bisher aber leider nicht geschehen war. Der liebe Gott schien sie komplett vergessen zu haben.

»Na, siehst du, Margaret? Sag ich´s doch.«

»Warum gehen Sie nicht zur Messe?«, fragte die andere Frau sie.

Sie konnte es kaum fassen, dass die beiden so etwas wirklich eine Wildfremde im Zug fragten. Aber gut, wenn sie es unbedingt wissen wollten …

»Weil ich niemanden mehr habe, mit dem ich dorthin gehen könnte. Meine Eltern sind gestorben. Genauso wie meine Tante. Und meine Grandma.«

»Oh«, machte die mit den roten Christbaumkugelohrringen nur und Ruth konnte tiefes Mitleid in ihren Augen entdecken.

Die andere, Margaret, fasste sich ans Herz. »Das tut mir leid. Vielleicht gehen Sie aber gerade deswegen dieses

Weihnachten mal wieder hin. Die Kirche kann einem viel Trost schenken in traurigen Zeiten, wissen Sie?«

Ruth nickte. Ja, vielleicht war das so. Und vielleicht würde sie ja dieses Weihnachten sogar mal wieder in die Kirche gehen. Ein letztes Mal. Um Gott um Verzeihung zu bitten.

»Gott sei mit dir, mein Kind«, sagte die mit den Ohrringen.

»Danke, das ist wirklich … nett von Ihnen.«

Die beiden stiegen kurz darauf aus, und Ruth sah den Rest der Fahrt aus dem Fenster. Sah Häuser vorbeiziehen, verschneite Straßen und Bäume, Menschen dick eingemummt, mit Geschenktüten in den Händen. Sie machten letzte Besorgungen, um ihren Liebsten ein schönes Fest zu bereiten oder waren auf dem Weg zu irgendeiner Weihnachtsfeier. Es war noch nicht dunkel, bald aber würde man sich gemütlich ans Kaminfeuer setzen oder zusammen ein Festmahl zu sich nehmen.

Wie sehr Ruth sich manchmal wünschte, ein anderes Leben zu führen. Teil einer großen, fröhlichen Familie zu sein. Oder auf einem Bauernhof zu leben mit vielen Tieren und einem ganzen Dorf, das einen kannte und das für einen da war. Sie hatte immer gerne Serien wie *Unsere kleine Farm*, *Eine himmlische Familie* oder *Modern Family* geschaut, Serien, in denen eine große, harmonische, manchmal auch streitende, aber sich doch immer liebende Familie die Hauptrolle spielte.

Sie fragte sich, wie die Leute sich darüber aufregen konnten, wenn sie auch mal aneinander gerieten. Lieber ein kleiner Streit als Totenstille. Lieber jemand, der mit einem schimpfte, einem etwas verbot, weil er sich Sorgen um einen machte, als ganz allein durchs Leben zu gehen mit niemandem, dem man eine Auseinandersetzung wert war.

❋

Sie fuhren in den Flughafen-Bahnhof ein. Ruth überkam wie jedes Mal ein Gefühl der Vorfreude, richtig aufgeregt war sie und ihr Herz pochte wie verrückt. Natürlich war es schöner gewesen, als ihre Grandma noch da gewesen war, die sie abholen konnte. Doch auch jetzt freute sie sich auf all die fröhlichen Menschen und auf deren glückselige Gesichter, wenn sie eine geliebte Person in Empfang nahmen.

»Passen Sie doch auf!«, meckerte eine große blonde Frau, als sie zusammenstießen, weil die Frau sich an ihr vorbeidrängelte. Anscheinend hatte sie es sehr eilig.

»Entschuldigung«, sagte Ruth, obwohl sie nichts getan hatte.

Sie machte sich ganz langsam auf zur Ankunftshalle und genoss jeden Moment ihres letzten Ausflugs zum Flughafen.

Als sie an ihrem Ziel ankam, stellte sie sich zu den anderen Leuten und tat so, als wäre sie eine von ihnen. Tat so, als würde auch sie auf jemanden warten, der sogleich freudig durch die automatische Tür kommen würde.

Sie sah hinauf zu dem Bildschirm, der die eintreffenden Flüge auflistete. Der Flug, mit dem ihre Grandma stets aus Boston gekommen war, wurde nach wie vor angezeigt. Ankunft: 16:50 Uhr. Nichts hatte sich geändert, nur dass Grandma Catherine nun nicht mehr an Bord saß. Aber hatte das irgendeinen Einfluss auf die übrigen Gäste? Vermisste sie irgendwer? Gab es auch nur eine Person, der auffiel, dass sie nun nicht mehr mitflog?

Würde es auch nur einen Menschen auf dieser Welt geben, der Ruth vermissen würde, wenn sie nicht mehr da war?

Sie sah einen Mann mit Blumen in der Hand, der ganz hibbelig da stand und sein Gewicht von einem Bein aufs andere verlagerte, hin und her, hin und her.

Zwei kleine Kinder warteten mit einer Frau, wahrscheinlich ihrer Mutter, auf ihren Vater. Das wusste Ruth, da eines der Kinder, ein etwa sechsjähriges Mädchen, ein Schild in der Hand hielt, auf dem »Bester Dad der Welt« stand.

Ein älteres Ehepaar wartete ebenfalls, die Frau hielt sich die Hände ans Herz und begann zu weinen, als die Türen sich öffneten. Ein Mann in Militäruniform lief ihnen entgegen und umarmte beide gleichzeitig.

Ruth wurde bei jeder Umarmung ein wenig wärmer ums Herz, so war es schon immer gewesen. Deshalb kam sie her, aus diesem Grund wollte sie es um nichts in der Welt versäumen.

Der Vater der beiden Kinder kam nun ebenfalls herbei und ließ sich stürmisch umarmen.

Eine Frau mit feuerroten Haaren freute sich auf ihren Liebsten, der sie zärtlich küsste.

Ein alter Mann wurde von seiner siebenköpfigen Familie erwartet.

Eine junge blonde Frau mit einem Luftballon in Herzform stand ungeduldig da und wartete anscheinend auf jemand ganz Besonderen.

Ruth setzte sich auf den Boden und lehnte sich an die Wand, beobachtete nun mit ein wenig Abstand das Geschehen.

Sie war froh, hergekommen zu sein, ein letztes Mal dieses Gefühl spüren zu dürfen, das ihr dieser alljährliche Besuch bescherte. Auch wenn niemand sie mit Freude erwartete – außer vielleicht Trina, aber bei der war es wohl eher Mitleid –, konnte sie sich in jeden Einzelnen dieser Menschen hineinfühlen, und sie wusste, dass es das wahre Glück, Liebe und Geborgenheit tatsächlich gab. Nur war es aus irgendeinem unerfindlichen Grund nicht für sie bestimmt gewesen.

»Hey. Darf ich mich zu dir setzen?«, hörte sie jemanden fragen und sah auf.

Kapitel 8

Neben ihr stand ein junger Mann von vielleicht fünfundzwanzig oder sechsundzwanzig Jahren und sah sie erwartungsvoll an. Er sah nicht schlecht aus, eigentlich war er sogar wirklich ansehnlich, allerdings war er eher einer der »heißen Typen«, die Daphne sich für gewöhnlich angelte. Ruth hätte sich im Traum keine Chancen bei ihm ausgerechnet. Aber warum sollte sie ihm keinen Platz anbieten, wenn er unbedingt hier bei ihr auf dem Boden sitzen wollte? Jetzt war eh nichts mehr wichtig.

»Klar. Setz dich ruhig«, sagte sie deshalb.

»Danke.«

Er öffnete den Reißverschluss seiner dicken blauen Jacke und setzte sich direkt neben sie, obwohl es mehr als genug Platz gab.

Ruth sagte kein Wort, betrachtete ihn aber. Er war in etwa 1,85 m groß, hatte kurzes dunkelblondes Haar, blaue Augen und sehr füllige Augenbrauen. Seine Augen waren richtig stechend, seine Wimpern lang, sein Blick warm.

»Auf wen wartest du?«, fragte er.

»Auf meine Grandma«, antwortete sie. Was hätte sie sonst schon sagen sollen?

»Ich warte auf meine Schwester. Meine Mutter hat mich geschickt, um sie abzuholen. Eigentlich macht das mein Dad, aber der hat sich beim Holzhacken den Fuß verletzt.«

»Holzhacken?« Stirnrunzelnd sah sie den unbekannten Fremden an.

Wollte er sie auf den Arm nehmen? Wer hackte denn Holz in der Großstadt?

»Wir wohnen ein bisschen weiter außerhalb. In Sycamore«, erklärte er.

Das hatte sie schon mal gehört, hatte aber keine Ahnung, wo genau die Kleinstadt sich befand.

»Da wohnst du? In Sycamore?«

»Da wohnen wir alle, ja.«

»Du wohnst noch bei deiner Familie?«

»Könnte man so sagen, ja.«

»Das ist schön«, sagte sie. Sie beneidete ihn zutiefst.

»Eden, das ist meine Schwester, kommt aus Kalifornien angeflogen. Dort studiert sie an der Uni.«

»In Berkeley?«

»An der UCLA.«

Ruth nickte und widmete sich wieder den glücklichen Ankömmlingen. Dabei fragte sie sich, wer denn bitte sein Kind Eden nannte. So, wie der Garten Eden?

»Woher kommt deine Grandma?«, fragte der Fremde.

Ruth drehte sich langsam zu ihm um und sagte: »Tut mir leid, aber ich kenne dich doch gar nicht. Ich würde dir lieber keine so privaten Dinge von mir erzählen.«

Eigentlich war es ihr nur unangenehm, ihm irgendwelche Lügengeschichten aufzutischen.

»Sorry, du hast vollkommen recht. Ich habe mich noch nicht mal vorgestellt.« Er hielt ihr seine rechte Hand hin. »Mein Name ist Noel.«

Noel?

Er wollte sie wohl wirklich für dumm verkaufen. Noel bedeutete Weihnachten. Das wäre aber ein Zufall …

»Noel? Ehrlich?«, fragte sie nicht sehr überzeugt.

Er lachte. »Glaubst du mir nicht?«

»Ist schwer zu glauben, dass jemand, dem ich ausgerechnet an Weihnachten begegne, Noel heißt.«

»Wenn man es genau nimmt, ist erst morgen Weihnachten.« Er lächelte sie an.

Ruth musste widerwillig grinsen. »Das stimmt.«

Sie sah wieder zu der Frau mit dem Herzluftballon. Sie blickte immer wieder ungeduldig auf zum Monitor.

»Magst du mir auch deinen Namen verraten?«, fragte Noel, oder wie auch immer er in Wahrheit hieß.

»Ruth«, antwortete sie, ohne ihn anzublicken.

»Ruth. Ein schöner Name, Ruth. Es freut mich sehr, dich kennenzulernen.«

Sie drehte sich nun wieder zu ihm und fragte: »Ja? Es freut dich? Wieso?«

»Wie meinst du das?« Er sah verwirrt aus.

»Na, du sagst, du freust dich, mich kennenzulernen. Warum freut dich das? Du kennst mich doch gar nicht, ich könnte der schrecklichste Mensch auf der Welt sein.«

»Das bezweifle ich. Du kommst ziemlich nett rüber.«

»Tsss«, machte sie. Was sagte er denn da? Sie war nicht gerade nett zu ihm, eigentlich eher abweisend.

»Obwohl du ein bisschen traurig wirkst.«

Sie starrte die Frau mit dem Luftballon an. Konnte ihre Augen nicht von diesem Ballon abwenden, weil er sie an einen Ballon erinnerte, den ihr Dad ihr einmal auf dem Jahrmarkt gekauft hatte. Damals musste sie sieben oder acht Jahre alt gewesen sein und ihre kleine Welt war noch in Ordnung.

»Ich wirke wahrscheinlich so, weil ich traurig bin«, gab sie Noel zur Antwort. Warum, wusste sie nicht.

»Das tut mir leid. An Weihnachten sollte niemand traurig sein.«

Sie lächelte, doch sie merkte selbst, dass sogar ihr Lächeln ein trauriges war. »Genau genommen ist es noch nicht Weihnachten, das hast du selbst gesagt.«

»Stimmt. Warum bist du so traurig?«

Das würde sie diesem Fremden ganz bestimmt nicht anvertrauen.

»Es gibt eine Million Gründe.«

»Das wird ja immer tragischer. Am liebsten würde ich dich drücken.«

»Oh Gott, lass es lieber bleiben.«

Noel lachte wieder. »Okay, okay. Ich lass es ja. Dann drücke ich dich gedanklich, darf ich das?«

»Ich kann dich wohl nicht davon abhalten.«

Sie sah die Frau mit dem Ballon jetzt enttäuscht dreinblicken. Sie machte auf dem Absatz kehrt und ging mit hängenden Schultern davon.

»Weißt du, was da los ist?«, fragte sie Noel, als sie sah, dass noch mehrere andere Wartende es der Frau gleichtaten.

Noel zuckte nur die Schultern. »Keine Ahnung. Ich könnte mir aber denken, dass ein Flug ausgefallen ist. Ich habe gehört, an der ganzen Ostküste wütet ein Schneesturm.«

»Oje.«

»Magst du mir immer noch nicht verraten, von wo deine Grandma angereist kommt?«

»Boston«, antwortete sie und wünschte im nächsten Moment, sie hätte es nicht getan.

»Bin gleich wieder da«, sagte Noel, erhob sich und ging zum Monitor rüber.

»Mist!«, hörte sie ihn sagen und sah ihn sogleich wieder zu ihr zurückkommen. »Der Flug aus Boston ist gestrichen.«

»Was?«, fragte sie.

»Sie konnten wohl gar nicht losfliegen. Hat deine Grandma dich denn nicht informiert?«

Sie schüttelte den Kopf. Wie denn? Gab es im Himmel Telefone?

»Das ist ja blöd«, sagte sie und versuchte, ernsthaft betroffen zu klingen. Sie blieb jedoch sitzen.

Noel setzte sich wieder zu ihr.

»Das ist echt blöd. Dann kannst du jetzt gar nicht Weihnachten mit deiner Grandma verbringen.«

Sie überlegte, was sie nun machen sollte. Ewig weiter hier sitzen zu bleiben, machte keinen Sinn, wenn ihre angebliche Grandma gar nicht ankam. Aber gehen wollte sie auch noch nicht.

Sollte sie sich einfach an die andere Seite der Ankunftshalle begeben? Wie würde sie das Noel erklären? Der würde sie sicher für total dämlich halten. Andererseits – sie war ihm doch keine Erklärung schuldig. Sie kannte ihn gar nicht! Und sie würde ihn nach dem heutigen Tag garantiert nie wiedersehen.

»Willst du nicht nach Hause fahren?«, fragte er.

Und Ruth antwortete ihm etwas, das sie selbst erstaunte. »Ich bleibe noch ein bisschen hier und leiste dir Gesellschaft.«

»Das ist aber nett von dir. Kann aber noch dauern. Der Flieger meiner Schwester hat Verspätung.«

Ruth musste lächeln, und sie wusste nicht einmal, warum.

Noel. Wenn sie schon jemanden mit diesem Namen kannte, konnte sie ihren letzten Weihnachtsabend auch gleich mit ihm verbringen, oder?

Kapitel 9

»Was machst du an Weihnachten?«, fragte Noel.

»Das, was man so an Weihnachten macht«, gab sie zur Antwort.

Erst kürzlich hatte Becca doch von dem Artikel erzählt, in dem stand, dass es gang und gäbe sei, sich an Weihnachten das Leben zu nehmen.

»Verbringst du das Fest mit deiner Familie?«

Sie lächelte und nickte. Sie hoffte es sehr.

»Und du?«, erkundigte sie sich, mehr aus Höflichkeit als aus Interesse.

»Bei uns geht es immer ganz verrückt zu. Meine Großeltern kommen, meine Tante und mein Onkel und meine beiden Brüder mit ihren Frauen und ihren insgesamt sieben Kindern auch, und natürlich meine Schwester Eden. Das Haus ist gefüllt mit Lärm und Gelächter und Gesang und Bergen von gutem Essen.«

»Das hört sich perfekt an in meinen Ohren«, offenbarte sie ihm.

»Ja. Am Ende sind wir alle so vollgestopft wie die Weihnachtsgans, die leider für das Festmahl herhalten musste.«

»Die arme Gans.«

»Ja, mir tut sie auch leid. Als Teenager war ich sogar ein paar Jahre lang Vegetarier und habe an Weihnachten nur die Beilagen gegessen.«

»Warum hast du es aufgegeben?«

»Hast du je den Braten meiner Mom probiert?« Er lachte. «Nein, natürlich hast du das nicht. Aber ich schwöre dir, sie macht den besten Braten der Welt, da kann man einfach nicht widerstehen.«

»Ich mag Fleisch gar nicht so sehr.«

»Was magst du dann?«

»Weihnachtsplätzchen«, antwortete sie und lächelte breit.

»Meine Mom macht auch die besten Weihnachtsplätzchen der Welt.«

Er zwinkerte ihr zu und Ruth musste den Blick abwenden, weil sie plötzlich ein nicht gewolltes Gefühl überkam.

»Gibt es auch etwas, von dem deine Mom nicht das Beste auf der Welt macht?«

Noel überlegte, rieb sich das Kinn. »Nein, ich glaube, sie ist ziemlich vollkommen.«

»Da hast du Glück.«

»Wie ist deine Mom so? Kocht sie auch so gut?«

»Nein«, antwortete sie nur und ging nicht weiter darauf ein.

»Ich hoffe, deine Grandma schafft es doch noch irgendwie nach Chicago, damit ihr Weihnachten mit ihr verbringen könnt.«

So langsam wurde es brenzlig, Ruth wollte das Thema unbedingt wechseln.

»Was machst du so in Sycamore?«, fragte sie deshalb.

»Ich habe meinen eigenen Eisenwarenladen.«

»Ach, ehrlich? Du verkaufst Hammer und so?«

Er grinste. »Ja, unter anderem verkaufe ich auch Hammer. Neben Werkzeug biete ich aber auch Anglerbedarf, Bastelsachen und Gartenartikel an. Und was machst du?«

»Ich arbeite bei *Lenny's*«, gab sie zur Antwort. Wie immer war ihr diese Aussage ein wenig peinlich. Es hatte besser geklungen, als sie noch sagen konnte, sie sei Assistentin des Vertriebsleiters bei *Rocket Fun*.

»Du verkaufst Burger und Fritten?«, fragte er, jedoch in keinster Weise erniedrigend.

»Ich brate Burger und Fritten. Nun, letztere packe ich eigentlich nur in die Fritteuse.«

»Cool. Ist man da nicht ständig in Versuchung, sich selbst ein paar Fritten in den Mund zu stecken?«

Sie musste grinsen. »Doch, irgendwie schon. Anfangs zumindest. Jetzt kann ich keine Fritten mehr sehen.«

»Wie lange arbeitest du schon da?«

»Seit gut einem Jahr.« Seit Tante Helen tot war. »Vorher hatte ich einen Bürojob. Bei *Rocket Fun*.«

»Ich liebe *Rocket Fun*!«, ließ Noel sie wissen. »Am liebsten mag ich das Erdbeermilch-Pulver. Als Kind hab ich Erdbeermilch verschlungen.«

»Die mag ich auch am liebsten«, sagte Ruth erstaunt.

»Da haben wir ja was gemeinsam.« Er lächelte sie freudig an.

Sie lächelte schüchtern zurück, zog nun ihre Beine an und schlang beide Arme darum.

»Mag dein Freund auch Erdbeermilch?«, erkundigte sich Joel und Ruth wurde warm in der Bauchgegend.

»Ich habe keinen Freund.«

»Ehrlich nicht? Warum nicht?«

Sie sah ihn nun direkt an. Bevor jetzt irgendeine Floskel von ihm kommen konnte, antwortete sie: »Weil er gestorben ist.«

Noels Gesicht verwandelte sich in einen Berg von Mitleid. Sie wusste nicht, warum sie ihm von Terence´ Tod erzählt hatte. Sie sprach sonst nie über ihn. Doch wie gesagt, jetzt war eh nichts mehr wichtig.

»Das tut mir unendlich leid«, sagte Noel.

»Danke.«

Eine Weile schwiegen sie. Ruth ahnte, dass Noel gerne gefragt hätte, woran ihr Freund gestorben war, es aber aus Höflichkeit ließ. Sie stand nun auf.

»Hast du Lust, ein bisschen herumzugehen? Vielleicht finden wir irgendwo einen Laden, der Erdbeermilch verkauft.«

»Klar. Sehr gerne sogar.«

Er erhob sich und folgte ihr. Am Monitor machte er kurz Halt, um nachzusehen, wann Edens Maschine eintraf.

»Ich habe eine halbe Stunde, wenn es sich nicht weiter verzögert.«

Eine halbe Stunde mit Noel. Eine halbe Stunde, auf die Ruth sich tatsächlich freute. Würde Noel der letzte Mensch sein, mit dem sie sich unterhielt? Würde er jemals erfahren, dass die Frau, mit der er den verschneiten Weihnachtsabend am Flughafen verbracht hatte, sich am nächsten Tag von einer Brücke gestürzt hatte?

Kapitel 10

»Dort vorne kommt sie«, sage Noel und rief: »Eden! Hier!«
Er winkte wie wild, bis seine kleine Schwester ihn sah.

Eden war drei Jahre jünger als er, das hatte er Ruth bereits erzählt. Und auch, dass er immer das Gefühl hatte, sie beschützen zu müssen. Obwohl sie das eigentlich ganz gut allein hinbekam, was man wohl auch können musste bei drei älteren Brüdern.

Eden, eine hübsche junge Frau, groß, sehr schlank und mit blonden Haaren, von denen Ruth sich sicher war, dass sie gefärbt waren, da man einen dunkleren Ansatz sah, kam auf sie zu. Sie ließ ihre Reisetasche fallen und fiel Noel stürmisch in die Arme.

»Hey, Bro! Danke, dass du auf mich gewartet hast.«

»Was hätte ich sonst tun sollen? Wie wärst du sonst nach Sycamore gekommen?«

Eden grinste. »Ich habe eigentlich nie Probleme, da hinzugelangen, wo ich hinwill.«

»Etwa per Anhalter?«

»Warum nicht?«

»Du bist ja verrückt. Und ich bin froh, gewartet zu haben.« Er warf Ruth einen Blick zu.

»So kommt es mir auch vor. Willst du uns nicht bekanntmachen?« Mit einem breiten Lächeln sah nun auch Eden sie an.

»Aber klar doch. Das ist Ruth. Ruth, darf ich dir meine Schwester Eden vorstellen?«

Sie schüttelten sich die Hände und Edens Grinsen wollte gar nicht wieder verschwinden.

»Ruth, hm? Freut mich, dich kennenzulernen, Ruth«, sagte sie und wandte sich wieder an ihren Bruder. »Ist sie deine Freundin?«

»Ruth? Nein. Eigentlich kenne ich sie erst seit heute. Wir waren Kakao trinken, während ich auf dich gewartet habe.« Erdbeermilch hatten sie leider nirgends gefunden.

»Ooooh, Kakao!«, machte Eden und Ruth fragte sich, was das sollte. Sie ließ es so klingen, als wäre Kakao das erotischste Getränk auf der Welt.

»Du wieder«, entgegnete Noel.

»Also, was ist? Kommt Ruth mit zu uns nach Hause?«, wollte Eden wissen und Ruth hielt den Atem an.

Oh Gott, ganz bestimmt nicht! Sie hatte schließlich Pläne.

»Ich denke eher nicht. Ruth muss selbst wieder nach Hause zu ihrer Familie. Es ist schließlich Weihnachten. Ich bin ihr dankbar, dass sie mir überhaupt so lange Gesellschaft geleistet hat, nachdem der Flug ihrer Grandma gestrichen wurde.« Sie hatten sich sogar extra noch am Infoschalter nach dem Flug erkundigt, und ihnen wurde gesagt, dass heue überhaupt keine Flüge von der Ostküste mehr eintreffen würden.

»Wenn man es genau nimmt, ist erst morgen Weihnachten«, entgegnete Eden und sah Ruth an. »Und wenn deine Grandma eh heute nicht mehr eintrifft, überlegst du es dir vielleicht doch und kommst mit zu uns nach Sycamore?«

»Sorry, ich kann wirklich nicht«, antwortete Ruth.

»Warst du je in Sycamore? Zu Weihnachten?«

Sie schüttelte den Kopf.

»Da verpasst du aber was. Sag ihr, dass sie was verpasst, Noel.«

Er nickte nun lächelnd. »Okay, du verpasst wirklich was. Sycamore verwandelt sich jedes Jahr im Dezember nämlich in ein einziges Weihnachtsdorf. Man könnte denken, Santa Claus höchstpersönlich sei dort zu Hause.«

Sie musste lächeln. »Ehrlich? Nun, ich würde es wirklich gerne sehen, aber ...«

»Ach, komm schon, die Familie würde sich freuen und Noel könnte dich morgen zurück zum Flughafen fahren, um deine Grandma abzuholen.«

Es hörte sich schon verlockend an, oder? Nur einmal den Weihnachtsabend zusammen mit einer richtigen großen Familie zu verbringen. Mit allem Drum und Dran, so, wie sie es sich immer erträumt hatte. Und wenn es wirklich so kommen sollte, wie Eden sagte, und sie erst morgen zurück nach Chicago müsste, würde sie sogar noch einen richtigen Weihnachtsmorgen erleben – mit Geschenken und ganz viel Glückseligkeit.

»Nun lass sie doch in Ruhe«, schimpfte Noel mit seiner Schwester.

»Warum denn? Willst du etwa nicht, dass sie mitkommt?« Eden stemmte nun die Hände in die Hüften und starrte Noel an.

»Doch, natürlich, das fände ich sogar sehr schön, aber ...«

»Aber, aber, aber ... Nun komm schon, Ruth. Keine Widerrede, wir nehmen dich mit.«

Eden hakte sich bei Ruth ein und zerrte sie ihn Richtung Ausgang.

Ruth blickte sich nach Noel um, der grinsend Edens riesige Reisetasche vom Boden aufhob, sie sich über die Schulter schwang und ihnen folgte.

Sie konnte nicht anders, als ebenfalls zu grinsen.

Zu lächeln.

Zu strahlen.

Sie durfte endlich auch einmal ein Weihnachten so verbringen, wie es vorgesehen war. Ihre Eltern, Grandma Catherine und Tante Helen würden sich bestimmt für sie freuen. Als sie jetzt das Flughafengebäude verließen, sah sie auf zum Himmel und dankte dem lieben Gott für dieses letzte Geschenk.

Kapitel 11

Als Ruth auf dem Beifahrersitz von Noels altem Pick-up saß, war ihr ganz schön mulmig. Sie hatte seit Terence´ tragischem Unfall vor drei Jahren in keinem Auto mehr gesessen. Auch konnte sie kaum glauben, auf was sie sich da eingelassen hatte. Eden, die sich in die Mitte zwischen sie gequetscht hatte, erzählte in einer Tour und schien gar nicht müde zu werden.

»Woher kommst du, Ruth?«, wollte sie wissen.

»Ich habe mein ganzes Leben in Chicago verbracht.«

»Du warst nie irgendwo anders? Wie langweilig.«

»Doch, schon, ich war mal in Boston. Da wohnt meine Grandma.«

»Cool.«

Wüsste Eden den Grund für ihren Besuch in Boston, würde sie es sicher nicht mehr so cool finden.

»Eden, denkst du nicht, wir sollten Mom Bescheid sagen, dass wir einen Gast mitbringen?«, fragte Noel nun.

»Ach was, Mom freut sich sicher über eine Besucherin in unserem hübschen Dörfchen.«

»Na, komm. Ein Dorf ist Sycamore nun auch nicht. Wir haben immerhin fast 15.000 Einwohner.«

»Pfff! Ich wohne in L.A. Da ist das gar nichts.«

»Ja, du hast Sycamore einfach hinter dir gelassen«, sagte Noel, und Ruth wusste nicht, ob er scherzte oder ob sie sogar eine Spur von Bedauern in seiner Stimme hörte.

Eden wandte sich an Ruth. »Das wird er mir nie verzeihen. Aber ich will einfach was von der Welt sehen und nicht in der Einöde versauern. Noel mag ja glücklich sein in Sycamore, ich wollte aber immer … mehr. Verstehst du?«

Ruth nickte und es entstand eine unangenehme Stille, die Eden zu beheben versuchte.

»Also, um aufs Thema zurückzukommen, nein, ich glaube nicht, dass wir zu Hause Bescheid sagen müssen. Schon vergessen? Mom kocht immer für eine ganze Armee.«

Nun musste Noel lächeln. »Da hast du recht.«

»Unsere Mom macht den besten Braten der Welt«, erzählte Eden Ruth.

»Von dem berühmten Braten habe ich schon gehört.«

»Den musst du unbedingt probieren. Sie macht ihn immer an Heiligabend. Die Alten essen ihn schön mit Kartoffelpüree und Gemüse. Wir Jüngeren haben aber unsere eigene Tradition: Wir machen uns daraus ein Sandwich, dabei legen wir eine extra mit Bratensauce vollgesogene Scheibe Weißbrot in die Mitte. Das schmeckt einfach unglaublich.«

»Hört sich wirklich gut an. Ich werde bestimmt mal probieren.« So langsam begann sie sich nun aber doch Sorgen zu machen, dass sie einfach so auf einer Familienfeier auftauchen würde – unangekündigt. »Vielleicht wäre es aber tatsächlich besser, ihr würdet euren Eltern kurz Bescheid geben, dass ihr mich mitbringt. Ich möchte niemanden stören.«

»Tust du nicht«, erwiderte Eden und holte eine Packung Twizzlers aus ihrer Handtasche. Sie biss von einer der länglichen roten Gummistangen ab. »Wollt ihr auch?«

Ruth hatte seit Ewigkeiten keine Twizzlers gegessen und nahm gerne an.

Noel schüttelte nur den Kopf und sagte: »Ihr werdet euch den Appetit verderben. Und Eden, bitte schick Mom jetzt mal eine kurze Nachricht und sag ihr, dass wir Ruth mitbringen.«

Eden holte ihr Smartphone heraus, tippte etwas und grinste breit.

»Was?«, fragte Noel misstrauisch.

»Erledigt. Hab Mom gesagt, dass wir deine Freundin Ruth dabeihaben. Warte, sie antwortet gerade … Ha! Sie sagt, sie ist überglücklich, dass du ihr endlich die Frau in deinem Leben vorstellst, und das auch noch an Weihnachten. Ein schöneres Geschenk hättest du ihr nicht machen können.«

»Eden, ich dreh dir den Hals um.«

Noels Augen funkelten und Ruth konnte wieder nicht richtig einschätzen, ob er scherzte oder wirklich wütend war.

Eden lachte sich kaputt.

»Du wolltest doch, dass ich ihr Bescheid sage, und das hab ich getan. Im Übrigen solltest du dich freuen, jetzt lässt sie dich wenigstens eine Weile damit in Ruhe, eine Frau für dich finden zu wollen. Unsere Mom hat es sich nämlich zur Aufgabe gemacht, Noel zu verkuppeln«, informierte sie Ruth. »In der Kirche zum Beispiel setzt sie ihn ständig neben irgendwelche ledigen Frauen und hofft auf ein Wunder Gottes. Haha.«

»Ach, entschuldige, Ruth, ich hatte gar nicht erwähnt, dass wir am Weihnachtsabend immer zur Mitternachtsmesse gehen«, sagte Noel. »Ich hoffe, das macht dir nichts aus? Falls du nicht mitkommen willst, ist das okay.«

Sie erinnerte sich an das, was sie den beiden älteren Frauen im Zug gesagt hatte. »Nein, nein, ich komme gerne mit.«

»Perfekt.« Er konzentrierte sich auf die verschneite Fahrbahn. »Hm ... Zu blöd, dass ich Mom dann gleich nach Weihnachten sagen muss, dass schon wieder Schluss ist mit meiner neuen Freundin.« Er warf Eden einen erneuten grimmigen Blick zu.

»Das musst du nicht. Tu doch einfach so, als wenn ihr noch zusammen wärt. Wenn es Ruth nichts ausmacht, dass du dich dieser Notlüge bedienst.«

»Ich, ähm ...«

Eden ließ Ruth nicht aussprechen. »Vielleicht hast du ja auch einen Freund zu Hause.«

Ruth sah, wie Noel seiner Schwester einen eindeutigen Blick zuwarf, dass sie ihren Mund halten sollte.

Eden brach abrupt ab. Dennoch dachte sie nicht daran, zu schweigen. »Ich werde Mom auf jeden Fall erzählen, dass ich noch mit Leslie zusammen bin, obwohl wir uns schon vor drei Monaten getrennt haben. Unsere Mom ist so nervtötend, ehrlich.«

Ruth wurde wütend und wusste nicht einmal, warum.

»Ihr solltet euch nicht darüber beklagen, dass ihr eine Mutter habt, die sich um euch sorgt und euer Bestes will«, sagte sie und hörte selbst die Strenge in ihrer Stimme.

Beide Geschwister sahen sie verblüfft an.

»Du hast vermutlich recht«, erwiderte Noel, und es war eine Minute lang still im Wagen. Ruth hoffte, die beiden nutzten diese Minute, um darüber nachzudenken, wie gut sie es im Grunde hatten.

»Mom war eh nicht mit Leslie einverstanden, es wird sie also nicht sehr bekümmern«, fuhr die Plappertasche Eden fort. »Willst du auch wissen, warum?« Ohne eine Antwort abzuwarten, erzählte sie: »Weil er keinen biblischen Namen hat. Verrückt, oder?«

Ruth war überrascht über diese Antwort. Und sie fragte sich, ob ihr Name eigentlich christlich war, oder ob die Mutter der beiden auch etwas gegen sie haben würde.

Gab es eine Ruth in der Bibel? Sie wusste es nicht, denn so gut kannte sie die Heilige Schrift nun auch nicht. Sie konnte nur hoffen, dass sie willkommen sein würde.

Kapitel 12

Sie brauchten gut anderthalb Stunden bis Sycamore. Als sie endlich ankamen und durch das Stadtinnere fuhren, überkam Ruth ein Gefühl von großer Ehrfurcht. Das ist es, was der liebe Gott sich unter Weihnachten vorgestellt hat, dachte sie. Genau das!

Die Straßen wurden von bunten Lichtern beleuchtet, jedes Gebäude war weihnachtlich geschmückt, jedes Haus zierte ein Santa auf dem Dach, ein Rudolph vor der Tür, ein Schlitten im Garten oder eine Krippe im Fenster. Alles war wunderschön, nie zuvor hatte Ruth solch ein Weihnachtswunderland gesehen. Dazu der frisch gefallene Schnee und die Gerüche, die ihr entgegenströmten, als sie nun aus dem Wagen stiegen: eine Mischung aus Tannennadeln und köstlichem Weihnachtsessen.

»Das ist also Sycamore«, sagte sie völlig überwältigt.

»Willkommen in der langweiligsten Stadt auf Erden«, entgegnete Eden und hievte ihre schwere Tasche aus dem Pick-up.

Noel schloss die Wagentüren nicht ab, und Ruth dachte sich, dass dies wirklich ein idyllischer Ort sein musste, wenn man nicht einmal Angst haben musste, dass jemand einem das Auto klaute.

Noch bevor sie die Tür des zweistöckigen Hauses, das, wenn möglich, noch mehr geschmückt war als die anderen, erreichten, wurde sie aufgerissen und eine fröhliche Frau

Mitte fünfzig erschien in der Tür. Sie hatte dunkelblondes Haar wie Noel, das sie sich zu einer Hochsteckfrisur drapiert hatte, und trug einen roten Pullover, auf dem zwei riesige Zuckerstangen abgebildet waren.

»Da seid ihr ja! Eden, mein Herz, komm in meine Arme.«

Als Ruth dabei zusah, wie die Mutter ihre Tochter in die Arme schloss und dabei weinte, schossen auch ihr Tränen in die Augen.

»Mom, ich war gerade mal vier Monate weg.«

»Eine Unendlichkeit, wenn du mich fragst.« Sie löste sich nun von Eden und widmete sich Ruth. »Und du musst Ruth sein.« Sie umhüllte sie mit einer warmen Umarmung. »Geht es dir gut? Du weinst ja.«

»Oh, ich … entschuldigen Sie. Ich war nur … gerührt, denke ich.« Sie wischte sich mit dem Mantelärmel die Tränen aus dem Gesicht.

»Ach herrje, gutes Kind. Ich freue mich, dass du hier bist und heiße dich herzlich willkommen.«

»Vielen Dank.«

»Mom, ich muss da noch was klarstellen«, kam nun von Noel. »Ich glaube, Eden hat es so dargestellt, als wenn Ruth und ich ein Paar wären …«

Ruth sah, wie sich Enttäuschung im Gesicht seiner Mutter abzeichnete.

»Wir sind aber nur Freunde«, fuhr er fort und Ruth war froh, dass er das gleich richtigstellte und nicht dem Vorschlag seiner Schwester folgte, bei dem sie sich als verliebtes Pärchen ausgaben.

Seine Mutter atmete einmal tief durch und lächelte gleich wieder. »Aber natürlich«, sagte sie. Und in Ruths

Ohren hörte es sich an wie ein »Was nicht ist, kann ja noch werden.«

Sie betraten alle das Haus, das wunderbar nach Abendessen roch. Doch dazu gesellte sich ein Duft von Orangen und Zimt und Nelken und anderen Gewürzen, und sogleich entdeckte Ruth im Flurfenster eine Schale mit getrockneten Orangenscheiben und Zimtstangen, die sicherlich dazu beitrugen.

Das ganze Haus umgab eine heimelige Atmosphäre, das erkannte Ruth in jedem einzelnen Raum, den Noel ihr nun zeigte. Nachdem er ihr die Jacke abgenommen hatte, führte er sie herum. Erst in die Küche, wo sie im Ofen den berüchtigten Braten bestaunen durfte, und wo seine Tante Grace beim Kochen half. Sie schien sich ebenso aufrichtig zu freuen, sie zu sehen wie Noels Mutter, die übrigens Paula hieß.

Als Nächstes brachte Noel sie ins Wohnzimmer, das voll von fröhlichen Menschen war, die alle tranken und lachten und sich aneinander erfreuten. Ein kleines Mädchen saß am Klavier und spielte – wenn auch ein bisschen schief – Weihnachtslieder, zwei etwa sechsjährige Jungen, Zwillinge, wenn sie sich nicht täuschte, ließen in einer Ecke des Raums Autos auf dem Boden fahren, ein etwas jüngerer Junge und ein etwa gleichaltriges Mädchen saßen an einem dieser kleinen Tische für Kinder und malten Bilder. Ein riesiger Bernhardiner hatte es sich auf einem Sessel bequem gemacht und nahm diesen komplett ein. Zwei Frauen standen beisammen, beide ein Baby auf dem Arm, und erzählten sich irgendetwas über eine Candy, die sich von Ehemann Nummer drei getrennt hatte.

Sobald sie Ruth bemerkten, lächelten sie sie herzlich an und stellten sich ihnen als Daniel und Davids Frauen vor, Hannah und Sarah hießen sie.

Als Noel ihr dann noch seinen Vater Noah, seinen Onkel Andrew und seinen Großvater Joseph vorstellte, machte es endlich Klick bei ihr: Die hatten tatsächlich alle miteinander biblische Namen!

Himmel, wie konnte das denn sein? War das Zufall oder suchten sie sich ihre neuen Familienmitglieder tatsächlich nach diesem bestimmten Kriterium aus?

»Meine Grandma Abigail scheint noch zu schlafen. Sie ist schon achtzig und macht immer gerne mal ein Nickerchen«, ließ Noel sie wissen.

Ruth nickte. Das waren ganz schön viele neue Menschen und Eindrücke, die musste sie erst einmal verarbeiten.

»Dürfte ich vielleicht mal die Toilette benutzen?«, bat sie.

»Natürlich. Ich zeige dir, wo sie ist.«

Noel führte sie den Flur entlang und blieb vor einer Tür stehen, die ein Schild schmückte, das einen in einem Schornstein feststeckenden Weihnachtsmann zeigte. Seine Beine standen steif in Richtung Himmel.

»Ruth, du kannst dich hier wirklich ganz wie zu Hause fühlen und musst nicht fragen, ob du irgendetwas darfst, ja?«

»Okay, danke.«

Er lächelte noch einmal und ließ sie dann allein.

Sobald sie im Bad war und abgeschlossen hatte, lehnte sie sich an die Tür und atmete ein paarmal tief durch. Wo war sie hier nur gelandet? Im Weihnachtswunderland? Direkt am Nordpol? Oder träumte sie all das nur? Hatte sie sich den Kopf gestoßen und befand sich in einer Art Traumwelt?

Oder war sie etwa schon von der Brücke gesprungen und längst tot? War dies der Himmel? Glich der Himmel deinen sehnlichsten Wünschen?

Oder durfte sie all das wirklich erleben? Hatte der liebe Gott sie endlich erhört und machte ein Wunder für sie wahr? Ein Weihnachtswunder, das sie nie vergessen würde und das ihr den letzten Tag auf Erden versüßen sollte?

Oder sollte es sie etwa umstimmen, ihr zeigen, dass es sich doch lohnte, weiterzuleben?

Sie wusste nicht, warum sie hier war, aber als sie sich nun im Spiegel betrachtete und den Rest ihrer verschmierten Wimperntusche entfernte, beschloss sie, dass sie diesen Weihnachtsabend in vollen Zügen genießen wollte. Denn so ein Fest hatte sie sich ihr Leben lang gewünscht, und egal, aus welchem Grund ihr Wunsch nun in Erfüllung gehen sollte, sie wollte dieses Geschenk dankbar annehmen und nur einmal richtig glücklich sein.

Kapitel 13

Als Ruth eine Stunde später am Tisch saß – links neben ihr Noel, rechts Schwägerin Hannah –, konnte sie ihr Glück immer noch nicht fassen.

Sie musste zugeben: Paulas Braten war tatsächlich der beste, den sie je gekostet hatte. Und nie zuvor hatte sie ein cremigeres Kartoffelpüree gegessen. Sie war ganz froh, dass es Wein zum Essen gab, denn so schwand langsam ihre Nervosität.

Einer der kleinen Jungen am Kindertisch, Adam, glaubte Ruth, fing an zu schreien: »Ich will keine Kartoffeln! Ich will viel lieber Kekse! Ich will Kekse, ich will Kekse!«

Ruth sah, wie Paula sich zu ihm rüber lehnte. »Sei lieb und iss deine Kartoffeln, dann bekommst du zum Nachtisch auch Kekse.«

»Ich will aber jetzt Kekse!«

»Adam!«, sagte nun seine Mutter Sarah. »Wir hatten doch darüber geredet, erinnerst du dich?«

Adam hielt sofort den Mund und aß artig sein Kartoffelpüree auf. Paula lächelte ihrer Schwiegertochter zufrieden zu.

»Unfassbar, was unser Präsident jetzt wieder angestellt hat«, sagte Grandpa Joseph, der Ruth an der Tafel gegenübersaß aus heiterem Himmel, und schüttelte völlig entsetzt den Kopf.

Dann erst begriff Ruth, dass Joseph mit ihr sprach.

»Was hat er denn angestellt?«, fragte sie.

»Er soll eine Affäre mit der Monroe haben!«

Ruth war verwirrt. »Wie bitte?«

»Er hat ein Tête-à-Tête mit Marilyn Monroe. Was die gute Jackie wohl dazu sagen wird?«

Hilfesuchend sah sie zu Noel, der ihr zuflüsterte: »Mein Grandpa denkt, wir hätten das Jahr 1962.«

»Oh.« Okay, sie verstand. Es ging hier um die Kennedys. Lächelnd wandte sie sich an Joseph. »Eine Schande, wirklich. Und dabei ist Jackie doch viel hübscher.«

»Das sage ich auch immer. Frag meinen Schatzi.« Liebevoll sah er Abigail an, die ihr Schläfchen beendet hatte und jetzt neben ihm saß. »Meine Abby und ich sind jetzt seit fast genau zwei Jahren verheiratet. Und soll ich dir etwas anvertrauen? Selbst wenn Jackie oder Marilyn sich bereiterklärt hätten, so hätte ich mich doch immer für meine Abby entschieden.«

Ruth hatte einen riesigen Kloß im Hals. Selten hatte sie so etwas Schönes gehört. Und als Joseph seiner Abigail jetzt eine Hand auf die ihre legte, merkte Ruth, wie ihr schon wieder die Tränen kamen.

»Ist sie nicht zauberhaft?«, fragte Joseph. »So jung und schön. Eines Tages werden wir Kinder miteinander haben, eine große Familie und ein hübsches Haus. Das verspreche ich dir, meine Liebste.«

Er sah seine Frau auf eine Weise an, die Ruth zutiefst berührte. Und sie fragte sich, ob dieser alte Mann wirklich glaubte, er habe seine fünfundzwanzigjährige Frau neben sich sitzen. Sah er in ihr das, was sie einmal gewesen war?

Abigail strahlte zurück und tätschelte die Hand ihres Mannes. Beinahe hätte Ruth sich entschuldigen und aufstehen müssen, nur um am Tisch nicht in Tränen auszubrechen. Doch Noel rettete sie, indem er lachte.

»Wirst du uns nachher noch eine kleine Showeinlage zeigen, Grandpa? Du könntest doch ein paar Weihnachtslieder von Frank Sinatra singen.«

»Oh ja, wenn sich jemand finden lässt, der mich am Klavier begleitet.« Er zwinkerte Noel zu.

»Das wird sich sicher einrichten lassen.« Er zwinkerte zurück.

Ach so, Klavierspielen konnte er also auch. Er schien wirklich perfekt zu sein.

Jetzt sah Noel sie an. »Mein Grandpa ist der beste Entertainer aller Zeiten. Du wirst begeistert sein.«

»Ich bin gespannt.« Sie versuchte zu lächeln.

In dem Moment fing ein Baby an zu weinen und Hannah stand auf und eilte ins Nebenzimmer. Während Noel die Gelegenheit nutzte und Ruth zuflüsterte: »Geht es wieder?«

Er hatte also mitbekommen, wie sie sich gefühlt hatte.

Sie nickte. »Alles gut, danke.«

Im nächsten Moment spürte sie, wie Noel unterm Tisch ihre Hand drückte, nur ganz kurz, wie um ihr zu zeigen, dass er bei ihr war, aber lange genug, um ihr ein Kribbeln im Bauch zu bescheren, das sie seit Jahren nicht gefühlt hatte.

Das konnte er doch nicht tun! Dieser unglaublich gut aussehende, charmante, fürsorgliche Mann konnte ihr doch nicht ihr Herz stehlen. Nicht ausgerechnet jetzt! Hätte er denn nicht ein paar Monate oder Wochen früher auftauchen können, als sie noch nicht alles aufgegeben hatte?

Sie musste sich dringend von ihm distanzieren. Ja, das musste sie!

Als er ihr nun jedoch in die Augen sah, lächelte und fragte, ob sie noch Sauce haben wolle, konnte sie nur stumm nicken und wusste nicht, ob sie ihre Worte oder ihren Verstand jemals wiederfinden würde.

Kapitel 14

Nach dem Essen half Ruth beim Abräumen und Geschirrspülen. Dann brachte sie eine Dose Kekse für die Kinder und Teller mit Kuchenstücken ins Wohnzimmer, die sie an alle verteilte, die welchen haben wollten. Sie selbst griff ebenfalls zu und nahm auch gerne den Punsch entgegen, den Tante Grace ihr nun reichte.

Sie stellte sich ans Fenster und sah sich im Raum um. Schöner hätte sie sich in ihren wunderbarsten Träumen einen Weihnachtsabend nicht vorstellen können.

Paula half gerade ihrer kleinen Enkelin Anna dabei, ihrer Puppe das Kleid anzuziehen. Die Zwillinge von David und Sarah jagten den Bernhardiner wild durchs Haus, doch ihr kleiner Bruder Matthew schlief friedlich auf dem Sofa. Sarah wiegte ihr Baby, Elijah, auf dem Arm, während Hannah ihr Baby im Nebenzimmer stillte. Die kleine Mary spielte wieder Klavier. Noel stand mit seinem Vater, seinem Onkel und seinen Brüdern neben dem ganz in Rot geschmückten Tannenbaum, unterhielt sich und lachte dann und wann.

Hannah trat nun zu Ruth und lächelte. »Wie geht es dir?«

»Sehr gut, danke. Ehrlich gesagt komme ich mir vor wie im Film und ich frage mich schon die ganze Zeit, ob das hier überhaupt real ist.«

Hannah, eine eher kleine Frau mit kinnlangen rötlichen Haaren, lachte. »Soll ich dir die Wahrheit sagen? So fühle ich mich heute noch.«

Das beruhigte Ruth ein wenig. »Wie lange bist du schon mit Daniel verheiratet?«

»Schon neun Jahre.«

»Wie schön. Das ist deine Tochter da am Klavier, oder?« Sie zeigte zu Mary.

»Ja. Sie ist mein ganzer Stolz. Sie ist jetzt acht und ist so engagiert. Sie übt jeden Tag am Klavier, ich habe es nie gelernt, aber sie ist ein Naturtalent. Heute Nachmittag hat sie im Krippenspiel in der Kirche mitgespielt.«

»Wen hat sie gespielt?«, erkundigte sie sich.

»Bei ihrem Namen? Na, Maria natürlich.«

»Wow.« Ruth konnte sich gut vorstellen, dass Hannah stolz war. Das wäre sie wahrscheinlich auch, obwohl sie zuvor noch nie darüber nachgedacht hatte, selbst einmal Kinder zu haben. Jetzt war es eh nicht mehr von Bedeutung.

»Kommst du später mit zur Mitternachtsmesse?«, fragte Hannah nun. »Onkel Andrew bleibt mit den Kindern hier, dieses Jahr ist er an der Reihe.«

Sie hätte fast vorgeschlagen, dass sie doch mit den Kindern hierbleiben könnte, dann könnten alle Familienmitglieder zur Messe gehen. Dann aber wurde ihr bewusst, wie blöd der Vorschlag gewesen wäre, immerhin war sie eine Fremde, der man bestimmt nicht seine Kleinkinder anvertrauen wollte.

»Ich komme gerne mit«, sagte sie also stattdessen.

»Das wird Noel sicher freuen.« Sie warf ihm einen Blick zu, und er, der gerade zu ihnen hinübersah, winkte ihnen zu. Vorhin noch hatte er *Let It Snow! Let It Snow! Let It Snow!* Mit Grandpa Joseph performt. Er war toll gewesen am Klavier, aber wirklich unschlagbar war der 82-jährige Joseph gewesen. »Seid ihr eigentlich fest zusammen?«, fragte Hannah nun neugierig.

»Nein. Nein, das sind wir nicht. Eigentlich kennen wir uns noch nicht lange.«

»Ich finde, ihr wärt ein tolles Paar.« Sie nahm einen Schluck Punsch.

Ehrlich? Das fand Hannah? Oder sagte sie es nur aus Höflichkeit? Ruth wusste nicht, was sie darauf erwidern sollte, ihr fehlten schon wieder die Worte.

»Übernachtest du heute hier?«, erkundigte sich Hannah.

Nun, darüber hatten sie noch überhaupt nicht gesprochen. Allerdings wüsste sie auch nicht, wie sie mitten in der Nacht zurück nach Chicago kommen sollte. Also nickte sie. »Ich denke schon.«

Sie hoffte nur, sie würde ihr eigenes Bett oder zumindest ein eigenes Sofa bekommen. Sie würde sich sogar mit dem Sessel zufriedengeben, wenn der gewaltige Hund ihr seinen Lieblingsplatz überlassen würde. Alles, nur nicht zusammen mit Noel in einem Zimmer oder gar in einem Bett schlafen … Wenn seine Eltern doch dachten, dass sie seine feste Freundin sei.

Sie schüttelte den Kopf. So ein Unsinn! Seine Eltern waren extrem gläubig, sie hatten nicht nur ein Tischgebet gesprochen und gingen in die Kirche, sie waren das perfekte Beispiel dafür, wie Gott sich den Menschen mit Sicherheit vorgestellt hatte, als er ihn schuf: großherzig, geduldig, liebevoll. Und sie fluchten nie, zumindest hatte

Ruth bisher kein einziges Schimpfwort in diesem Haus gehört, nicht einmal, als vorhin ein Teller zerbrach oder als der Hund mit Sabber spritzte, dass der Flurspiegel und die vielen Paar Schuhe darunter (zum Glück nicht ihre) klatschnass und glibberig geworden waren.

»Warum schüttelst du den Kopf?«, fragte Hannah. »Willst du doch nicht hier schlafen?«

»Doch, doch, ich … eigentlich weiß ich noch gar nichts Genaues. Ich möchte niemandem das Bett wegnehmen.«

»Es gibt zwei Gästezimmer in diesem Haus, und außer dir wird sonst keiner hier übernachten, soviel ich weiß.«

Ruth war verwirrt. »Aber … was ist mit all den anderen? Wo schlafen sie?«

»Na, in ihren eigenen Häusern.«

»Sie wohnen alle in Sycamore?«

»Hat Noel dir das nicht erzählt? Die halbe Stadt heißt Carpenter mit Nachnamen.«

Carpenter? Sie hatte bisher nicht in Erfahrung bringen können, wie Noel mit Nachnamen hieß. Das Schild an der Klingel war von einigen Mistelzweigen verdeckt gewesen.

Carpenter bedeutete Zimmermann, so einer, wie Jesus es gewesen war. War das alles wirklich nur Zufall?

»Sag mal, Hannah … Was hat es mit diesen Namen auf sich? Ich meine, jeder in dieser Familie hat einen biblischen Namen.«

»Na, und ob! Sie sind äußerst religiös, musst du wissen. Und sie nehmen nur Leute auf, die ebenfalls biblische Namen haben.« Hannah lachte. »Nun guck doch nicht so entmutigt. Mit deinem Namen erfüllst du doch alle Voraussetzungen.«

»Gibt es denn eine Ruth in der Bibel?«, fragte sie unsicher.

»Aber natürlich. Warte, ich hole Paula, die kann dir ganz sicher Näheres erzählen.«

Noch bevor Ruth sie abhalten konnte, hatte Hannah Noels Mutter herbeigewinkt und sagte ihr, dass Ruth gerne etwas über die Ruth aus der Bibel erfahren würde.

»Oh, mein Kind. Ruth war eine ganz treue Seele. Und ich habe im ersten Moment gesehen, dass du auch eine bist.«

Ruth wurde schwindlig. Das hatte sie gesehen?

»Erzählst du mir etwas über sie?« Alle hatten ihr von Anfang an gesagt, dass sie sie duzen und beim Vornamen ansprechen sollte.

Paula schloss die Augen, schien kurz zu überlegen, und öffnete sie wieder. Als würde sie vor einer ganzen Gemeinde predigen, erzählte sie Ruth nun die Geschichte ihrer Namensvetterin …

»Ruth war verheiratet mit Machlon, dem Sohn der Witwe Noomi. Die beiden blieben leider kinderlos. Nachdem Machlon starb, weigerte Ruth sich, ihre Schwiegermutter zu verlassen. Sie kehrte gemeinsam mit Noomi zurück in deren Heimat Israel, obwohl sie dort als Moabiterin auf Zurückweisung stoßen würde, das war schon mal sicher. Doch sie sprach zu Noomi: *Dränge mich nicht, dich zu verlassen und umzukehren. Wohin du gehst, dahin gehe auch ich, und wo du bleibst, da bleibe auch ich. Dein Volk ist mein Volk und dein Gott ist mein Gott. Wo du stirbst, da sterbe auch ich, da will ich begraben sein. Der Herr soll mir dies und das antun – nur der Tod wird mich von dir scheiden.*«

Diese Worte erinnerten Ruth so sehr an das, was sie immer zu Tante Helen gesagt hatte, als diese ihr fast schon befahl, nicht ständig an ihrem Bett zu wachen, sondern endlich ihr Leben zu leben, dass sie jetzt in Tränen ausbrach.

Sofort legte Paula einen Arm um ihre Schulter. »Oje, mein Kind. Geht es dir gut?«

Ruth nickte mit dem Kopf, weinte aber weiter. Gleich war auch Noel bei ihr, der es mitbekommen haben musste.

»Alles okay, Ruth?«

Sie nickte erneut und zog die Nase hoch. Noel gab ihr eine Serviette, in die sie sich schnäuzen konnte.

»Wollen wir ein bisschen an die frische Luft gehen?«, fragte er.

»Okay.«

»Seid aber rechtzeitig um elf bei der Messe, hört ihr?«, gab Paula ihnen noch mit.

»Sind wir, Mom.«

Noel reichte Ruth ihren Mantel, den Schal und die Mütze, und zog sich seine Stiefel an. Vom Flur aus konnte sie die Küchenuhr sehen und erkennen, dass es kurz vor zehn war. Sie hatten eine Stunde. Eine Stunde mit Noel, und Ruth wusste nicht, ob sie sich freuen oder ihn fragen sollte, wie sie am besten zurück nach Chicago kam.

Kapitel 15

»Magst du mir sagen, was los war?«, fragte Noel, als sie draußen waren.

Es schneite noch immer, und Ruth holte die Handschuhe aus den Manteltaschen, um sie sich anzuziehen.

»Ach, es war nur ... deine Mutter hat mir eine Geschichte erzählt. Die von Ruth aus der Bibel.«

»Und damit hat sie dich zum Weinen gebracht?«

»Sie hat nur ... Erinnerungen geweckt.«

»Oh. Ja, sie hat es drauf, den Leuten immer genau das zu erzählen, was sie ihrer Meinung nach hören müssen.«

Hatte Ruth das? So etwas Trauriges hören müssen? Sich auf diese Weise an Tante Helen erinnern müssen? Sich vor allen blamieren müssen?

»Das war so peinlich«, sagte sie nun.

»Ach Quatsch. Jeder in diesem Haus kennt meine Mom und weiß, dass es nur ihre Schuld war. Dass sie es drauf angelegt hat.«

Verwirrt sah Ruth Noel an, der nun ebenfalls eine dicke Wollmütze trug. Seine war schwarz, ihre weinrot.

»Du darfst das nicht so ernstnehmen, okay? Allerdings kannst du natürlich auch näher darüber nachdenken, was das alles bei dir ausgelöst hat. Das bleibt dir überlassen.«

Was hatte es denn bei ihr ausgelöst? Da war sie sich selbst noch nicht ganz sicher.

»Wo gehen wir hin?«, fragte sie, als Noel sie zur Straße führte.

»Wir machen uns langsam auf zur Kirche, nehmen aber einen kleinen Umweg.«

Jetzt war sie gespannt. Angst hatte sie keine, im Dunkeln mit einem Mann, den sie gestern noch nicht gekannt hatte, in einer fremden Stadt herumzulaufen. Wie gesagt, morgen war eh alles vorbei.

»Ein Umweg?«

»Du wirst schon sehen.«

Er führte sie ein Stück weit die Straße entlang und sie kamen an etlichen Häusern vorbei, in denen genauso ausgelassen gefeiert wurde wie bei den Carpenters. Ach stimmt, die hießen ja anscheinend auch alle Carpenter.

»Du hattest mir nicht erzählt, dass die halbe Stadt nur aus Familienmitgliedern von dir besteht«, sagte sie.

Noel lachte. »Wie es aussieht, hast du es ja doch erfahren. Ja, es stimmt, es gibt wirklich viele von uns.«

»Es muss schön sein, wenn man Familie hat«, sagte sie, und verbesserte sich schnell: »Wenn man eine so große Familie hat, meine ich.«

»Ja, das ist es. Manchmal. Allerdings kann man nichts tun, ohne dass irgendeiner von ihnen Wind davon bekommt. Man steht sozusagen ständig unter Beobachtung und es gibt keine Geheimnisse. Wenn es irgendetwas Neues gibt, weiß es gleich ganz Sycamore. Wahrscheinlich wird am anderen Ende der Stadt bereits darüber gemunkelt, ob wir beide bald heiraten werden.« Er lachte wieder.

»Oje ... Das wollte ich nicht.«

»Schon gut. Genauso schnell wird sich herumsprechen, dass wir nur Freunde sind. Gleich nachher in der Kirche können wir es klarstellen, oder was meinst du?«

Sie nickte und folgte Noel einen Feldweg entlang.

»Gleich sind wir schon da. Mach die Augen zu.«

»Dann sehe ich aber gar nicht mehr, wo ich hinlaufe.«

»Ich führe dich.«

Er hielt ihr seinen Arm hin und sie hakte sich bei ihm ein.

Sie schloss die Augen und ihr Herz pochte. Was hatte er mit ihr vor?

»Jetzt darfst du sie wieder öffnen«, sagte er nach kurzer Zeit, und Ruth tat, wie ihr geheißen.

»Oh mein Gott, ist das schön.« Sie fand kein Wort, das dieses Spektakel besser hätte beschreiben können, als schön. Einfach nur wunderschön.

Vor ihnen tat sich etwas Einzigartiges auf, wie sie es zuvor noch niemals gesehen hatte: ein Wasserfall, der jedoch eingefroren war. Er schien aus einer Million verschieden großer Eiszapfen zu bestehen. Die Lichter der Umgebung ließen ihn glänzen und glitzern. Ruth war überwältigt.

»Wir haben Glück, dass es die letzten Tage so kalt war«, sagte Noel. »So hast du eine ganz besondere Erinnerung an Sycamore.«

»Danke, dass du mich hierher gebracht hast, Noel.«

»Gern geschehen«, antwortete er. Er stand noch immer ganz nah an ihrer Seite und sah nun zu ihr herunter, ihr direkt in die Augen.

Das Kribbeln in ihrem Bauch war kaum noch auszuhalten. Sie wusste nicht, was sie getan hätte, wenn er jetzt versucht hätte, sie zu küssen.

»Müssen wir uns nicht langsam aufmachen zur Kirche?«, fragte sie schnell.

Noel nickte. »Ja, das sollten wir wohl.« Er machte aber keine Anstalten loszugehen, sondern sah sie immer noch an. »Ich bin froh, dass ich es dir habe zeigen können.«

Ruth fragte sich, wie viele Frauen er wohl schon hierhergebracht hatte.

Sie ging nun voran und ließ Noel stehen, einfach weil ihr die Situation nicht geheuer war. Sie wollte doch nur einen schönen Weihnachtsabend verleben und sich nicht verlieben!

Noel kam ihr nachgelaufen. »Alles okay, Ruth?«

»Alles okay.«

Sie schwiegen den ganzen Weg bis zur Kirche, die bereits voll bis auf die letzte Bank war. Als sie den Mittelgang entlanggingen, drehte sich beinahe jedermann zu ihnen um, und Ruth hatte das Gefühl, als würden alle sie anstarren.

»Hilfe«, flüsterte sie Noel entgegen.

»Tut mir ehrlich leid«, flüsterte er zurück.

»Hier sind wir! Wir haben euch zwei Plätze freigehalten«, rief Paula ihnen entgegen und sie zwängten sich durch die Reihe.

Als sie endlich saßen, pochte Ruths Herz wie verrückt ... Sie saß am Weihnachtsabend neben einem Mann namens Noel in einer Kirche, sehr eng beisammen, nebenbei bemerkt, und es ertönte das Lied *Oh Little Town of Bethlehem*. Konnte es etwas Weihnachtlicheres, etwas Schöneres geben?

Ruth sang so gut mit, wie sie den Text noch konnte und wagte es nicht, Noel anzusehen. Als sie sich aber doch irgendwann traute, bemerkte sie, dass er auch sie ansah.

Mit hochroten Wangen wandte sie sich schnell wieder ab, um sich auf den Pastor zu konzentrieren, der jetzt, wie wahrscheinlich jedes Jahr, etwas von Jesus, Maria und Josef erzählte. Von Sünde und von Gnade. Von Glückseligkeit und Frieden auf Erden und in jedem Einzelnen.

Und in diesem Moment empfand auch Ruth tiefen inneren Frieden. Ja, sie war so friedlich, dass sie sogar überlegte, ihr Vorhaben ein paar Tage aufzuschieben.

Kapitel 16

Nach der Kirche fuhren sie in drei Autos zurück zum Haus der Carpenters, wo Onkel Andrew, der zu Hause geblieben war, um auf die Kleinen aufzupassen, auf dem Sofa eingeschlafen war. Er saß mit offenem Mund da, den Kopf nach hinten gesackt, den Bernhardiner neben sich.

Hannah und Sarah sammelten ihre schlafenden Kinder ein und Daniel und David trugen sie über die Schultern gepackt zu den Autos. Eines der Babys wurde wach und weinte einen Moment, schlummerte aber gleich wieder ein. Eden lief die Treppe hoch, nachdem ihr Handy klingelte. Und Noel behielt seine Jacke an und kam nur schnell ins Wohnzimmer, um sich ein paar Plätzchen aus der Dose zu nehmen. Dann ging er zurück in den Flur und sagte zu Ruth, die ihm folgte: »Wir sehen uns morgen?«

Verwirrt sah sie ihn an. »Wo gehst du hin?«

»Nach Hause natürlich.«

»Du wohnst nicht hier?«

»Nein, schon seit einigen Jahren nicht mehr. Ich wohne ein paar Häuser weiter die Straße runter. Ich zeige dir morgen gerne mein trautes Heim. Jetzt sollten wir aber alle schlafen, es war ein langer Tag.«

Ja, da hatte er recht.

»Dann gute Nacht. Und vielen Dank noch mal für alles. Dafür, dass du mich mit in deine wunderbare Stadt genommen hast ... und dafür, dass du mir den Wasserfall gezeigt hast.« Beim Gedanken daran errötete sie wieder und senkte den Blick.

»Das hab ich wirklich gerne gemacht. Ich freu mich, dass es dir in Sycamore gefällt.«

»Es ist wundervoll.«

Noel lächelte und ging zur Tür. »Vielleicht kommst du mich ja irgendwann mal wieder besuchen.«

Ach, wenn er wüsste …

Sie lächelte zurück, sagte aber nichts.

»Hast du schon von deiner Grandma gehört? Weißt du, wann sie morgen fliegt beziehungsweise wann ich dich zum Flughafen fahren muss?«

»Nein, leider habe ich noch nichts gehört. Morgen früh weiß ich sicherlich mehr«, log sie. Wieder einmal.

»Alles klar. Dann … gute Nacht, Ruth.«

Oh, wie er sie ansah …

»Gute Nacht, Noel«, erwiderte sie und machte die Tür hinter ihm zu, lehnte sich dagegen und schloss die Augen.

»Ruth? Bist du hier?« Paula trat in den Flur. »Komm, ich zeige dir, wo du heute Nacht schlafen kannst.« Sie sah sich kurz um. »Ist Noel schon gegangen?«

Ruth nickte. »Gerade eben.«

»Der Junge hat sich nicht mal von mir verabschiedet, so was. Ist heute wohl ganz woanders mit seinen Gedanken.« Sie schmunzelte und sah Ruth ins Gesicht. Dann lächelte sie breit.

Ruth sah wieder weg, sie konnte sich auf nichts dieser Art einlassen, das ging einfach nicht.

»Na, dann komm mal rauf mit mir.«

Paula führte sie die Treppe hinauf, die mit Girlanden geschmückt war. Hier und da hing auch ein Stechpalmenzweig, und auf der Fensterbank, wo die Treppe einen Bogen machte, standen mehrere Weihnachtssterne und eine Laterne, in der ein Teelicht brannte.

Sie kamen an Edens Tür vorbei, die auf ihrem Bett saß und ihre Tasche auspackte. Ein paar Geschenke kamen zum Vorschein.

Herrje ... Ruth hatte ja überhaupt nichts, was sie diesen lieben Menschen am Weihnachtsmorgen schenken konnte.

»Paula, dürfte ich dich um einen Gefallen bitten?«, fragte sie deshalb, als sie das Gästezimmer erreicht hatten, das wirklich bezaubernd war. Mit hellblauen Möbeln und weißen und blauen Kissen auf dem Bett. Auch hier standen ein paar Weihnachtssterne auf Fensterbank und Kommode.

»Aber natürlich. Was kann ich für dich tun?«

»Dürfte ich mir ein paar deiner Backutensilien ausleihen und mich an deinen Backzutaten bedienen? Ich entschädige dich natürlich dafür.«

Paulas Augen strahlten. »Du möchtest backen? Na, das nenne ich mal Weihnachtsstimmung. Natürlich, meine Liebe, bediene dich nur. Und entschädigen musst du mich nicht, fühl dich ganz wie zu Hause.«

Nun strahlte auch Ruth, der Geist der Weihnacht war nämlich wirklich über sie gekommen, und sie konnte es kaum erwarten, endlich wieder Plätzchen zu backen.

»Danke, das ist wirklich nett. Ich stehe dann schon früh auf, versuche aber, leise zu sein.«

»Ach, das musst du nicht. Die Kinder werden sowieso schon früh wieder hier sein. Wir frühstücken alle zusammen.«

»Ich helfe dir dann gerne beim Frühstück zubereiten«, bot sie an.

»Du bist ein gutes Kind, Ruth. Das habe ich gleich gesehen. Es tut mir sehr leid, dass ich dich vorhin aus der Fassung gebracht habe.«

»Ist schon gut. Weißt du, das, was du mir über Ruth erzählt hast, hat mich an meine eigene Geschichte erinnert, und da bin ich einfach sentimental geworden.«

»Das habe ich mir schon gedacht. Du bist ebenso eine treue Seele, das habe ich gleich gewusst. Mein Sohn kann sich glücklich schätzen, jemanden wie dich gefunden zu haben.«

»Wir sind aber nur …«

»Nur Freunde, ja, ich weiß.« Paula zwinkerte ihr zu und Ruth fragte sich, ob sie sie wohl je davon überzeugen konnte, dass da nicht mehr zwischen ihnen war.

»Wann fährst du zurück nach Chicago, mein Kind?«, erkundigte sich Paula nun.

»Das weiß ich noch nicht genau. Wenn ich euch aber Umstände bereite …«

»So war das nicht gemeint. Du kannst so lange bleiben, wie du möchtest. Ich wollte eigentlich nur wissen, ob du übermorgen auch noch hier bist. Da wollen Eden und ich nämlich einen Einkaufsbummel machen. Am Tag nach Weihnachten gibt es überall ganz fantastische Angebote, und es ist unsere alljährliche Tradition, im Einkaufszentrum zu shoppen und den Food Court unsicher zu machen.«

Das hörte sich ganz wundervoll an, aber …

»Ich kann mich doch nicht einfach so in eure Mutter-Tochter-Tradition mit einbringen.«

»Wir würden uns freuen, Ruth. Eden sicher ebenso wie ich.«

»Das fände ich wirklich schön, allerdings muss ich morgen zurück zu meiner eigenen Familie.«

Sie erkannte etwas in Paulas Augen, das sie nicht richtig einordnen konnte. War es Mitleid? Traurigkeit?

Noels Mutter legte ihr nun eine Hand auf den Oberarm und lächelte sie warm an. »Überleg es dir, ja? Bleib, so lange du möchtest. Wir freuen uns, dich bei uns zu haben. Und nun schlaf gut, wir sehen uns morgen früh.«

Sie strich Ruth sanft über die Wange und ließ sie allein.

Ruth schloss die Tür und setzte sich aufs Bett. Sie starrte vor sich hin. Was war das denn gerade gewesen? Wusste Paula etwa, dass sie gar keine Familie hatte? Dass sie ganz allein auf der Welt war?

Es klopfte an der Tür.

»Herein«, rief sie mit leiser Stimme.

Eden kam ins Zimmer, einen Stapel Kleidung in der Hand.

»Meine Mom sagt, ich soll dir was zum Anziehen für die Nacht bringen. Hier sind also ein Pyjama und ein Nachthemd, ich wusste nicht, was du lieber hast. Falls du noch was Richtiges für morgen brauchst, sag Bescheid, ja?«

Ruth lächelte. Eden mit ihren Supermodelmaßen war gut zehn Zentimeter größer und bestimmt auch fünf Kilo leichter als sie, ihre Sachen würden ihr sicher gar nicht passen.

»Ich ziehe morgen noch mal dasselbe an, danke.«

»Alles klar.« Sie legte die Schlafsachen auf dem Bett ab. »Mom hat mich auch gefragt, ob wir dich mitnehmen wollen zu unserem Shoppingtrip und …«

»Oh, bitte, du brauchst keine Sorge zu haben, ich möchte dir deinen besonderen Tag mit deiner Mutter wirklich nicht wegnehmen.«

Eden sah sie an. »Machst du Witze? Das würdest du nicht. Ehrlich nicht. Ich fände es cool, wenn du mitkämst, du kannst mich garantiert besser beraten als meine Mom.« Sie verzog das Gesicht und lachte. »Aber meintest du nicht, du müsstest morgen zurück nach Chicago?«

»Ja, genau.«

»Oh. Hat Noel dann vor, dich am Tag danach noch mal abzuholen und herzubringen?«

»Nein. Nein. Davon war absolut nicht die Rede. Deine Mom hat mir nur den Vorschlag gemacht, aber … nein.«

»Ach so. Na, falls du es dir doch noch anders überlegst, du bist herzlich eingeladen mitzukommen, ja?«

Ruth lächelte und nickte, spürte aber schon wieder Tränen aufsteigen.

Es war so wundervoll, wie alle hier ihr sagten, dass sie willkommen war. Sogar Noels Vater, der eher nicht viel sagte, war nach der Kirche humpelnd zu ihr gekommen und hatte ihr gesagt, dass er froh war, dass sie zu dieser besonderen Zeit des Jahres bei ihnen war.

»Darf ich dich was fragen?« Eden setzte sich zu ihr aufs Bett.

»Klar.«

»Warum weinst du so viel? Ist es, weil wir dich mit hergeschleppt haben und du viel lieber bei deiner eigenen Familie wärst?«

Ruth schüttelte den Kopf. »Nein, ganz und gar nicht. Ich bin nur sehr emotional zu dieser Zeit des Jahres. Es war nicht leicht ... Ich bin einfach glücklich, hier bei euch zu sein und so ein schönes Weihnachten verbringen zu dürfen.«

»Dann ist ja gut. Ich hatte schon ein schlechtes Gewissen, weil ich dich praktisch gezwungen habe mitzukommen.«

Ruth berührte nun Edens Hand. »Das war das Beste, was du tun konntest. Du hast deine gute Tat für dieses Weihnachten wirklich vollbracht. Ich werde dir nie vergessen, was du mir beschert hast.«

Eden lächelte aufrichtig. »Weißt du was? Ich mag dich, Ruth. Und ich fände es wirklich cool, wenn du meine Schwägerin werden würdest.«

Oh, lieber Gott, wie weit dachten diese Menschen hier nur? Sie kannte Noel nicht einmal vierundzwanzig Stunden lang, ja, nicht einmal zwölf! Und sie hatte absolut keine Ahnung, ob er irgendetwas für sie empfand oder sich mehr vorstellen konnte. Und außerdem hatte sie doch Pläne, die sie noch immer in die Tat umsetzen wollte. Daran konnte auch ein einzelner schöner Tag nichts ändern.

Oder doch?

Sie war sich gerade gar nicht mehr sicher und wollte einfach nur allein sein und nachdenken.

»Danke, Eden. Du bist wirklich lieb. Ich würde jetzt gerne schlafen, wenn das okay ist.«

»Natürlich. Wir sehen uns morgen?«

»Wir sehen uns morgen.«

Eden ging aus dem Zimmer und Ruth zog sich den übergroßen pinkfarbenen Pyjama an. Dann schaltete sie das

Licht aus, schlüpfte unter die Decke und konnte nicht aufhören, an Noels süßes Lächeln zu denken.

Ob Weihnachtswunder doch wahrwerden konnten? Das heute war doch der beste Beweis dafür, oder?

»Danke, lieber Gott«, sprach sie zum Himmel und schloss die Augen.

Kapitel 17

Ruth schlief so gut wie lange nicht mehr. Zu Hause in Chicago war sie froh, wenn sie überhaupt mal zwei oder drei Stunden am Stück schlief, ohne dass Albträume sie plagten oder sie ewig lange wach lag und über ihr trauriges Leben nachdachte. Heute Nacht hatte sie aber fast fünf Stunden friedlich geschlummert, während draußen der Schnee gefallen war.

Als sie gegen sechs Uhr morgens aufwachte, streckte sie sich und zog sich an. Sie hatte weder Bürste noch Schminke noch Zahnbürste dabei und nahm sich vor, Eden später danach zu fragen. Zuerst einmal aber wollte sie backen.

Als sie die Treppe herunterkam, war sie richtig guter Stimmung und freute sich, dass das Haus noch ganz ruhig war und jeder sich im Land der Träume befand. So hatte sie die Küche für sich ganz allein.

Sie musste auch gar nicht lange nach den nötigen Sachen suchen, denn wie sie feststellen durfte, hatte Paula ihr vor dem Schlafengehen schon alles bereitgelegt. Auf der Arbeitsplatte fand sie drei verschieden große Rührschüsseln vor, mehrere hölzerne Kochlöffel, eine Küchenwaage und alle möglichen Zutaten wie Mehl, Zucker, Vanillin, Orangeat, Zitronat und getrocknete Cranberrys, Schokotropfen, Kokosraspeln, gemahlene Mandeln und gehackte Erdnüsse. Auf dem Tisch lagen mehrere Backbleche, ein Nudelholz, Ausstechformen, Backpapier und sogar eine Schürze bereit.

Ruth musste lächeln. Das war perfekt.

Sie stellte die Heizung an, da es in der Küche wirklich kalt war, holte Eier und Butter aus dem Kühlschrank und stellte Letztere auf die Fensterbank über der langsam warm werdenden Heizung. Sie betrachtete die Zutaten und überlegte, was sie denn backen könnte. Ihre Nussplätzchen hatte noch jeder gemocht. Sie könnte sie in Form von Sternen machen. Oder die Orangenplätzchen. Oder die Cranberry-Cookies. Oder doch lieber simple Schokoplätzchen? Die würden die Kinder bestimmt am liebsten mögen.

Hach, sie konnte sich gar nicht entscheiden und beschloss, mit Schokokeksen anzufangen.

Sie mischte und rührte und formte und backte, und als die runden Plätzchen auskühlten, schob sie die nächste Sorte – Nussplätzchen in Stern- und Tannenbaumform – in den Ofen. Als die dritte Sorte – Cranberry-Cookies – im Ofen war, kam Paula hinunter in die Küche.

»Frohe Weihnachten«, flötete sie.

»Frohe Weihnachten«, wünschte auch Ruth.

»Gott im Himmel, riecht das köstlich«, sagte Noels Mutter, noch im Morgenmantel, und schnupperte an jedem einzelnen der Bleche. »Seit wann bist du denn schon wach, Ruth?«

Sie lächelte und sah auf die Uhr. »Seit zweieinhalb Stunden.«

»Das ist ja einfach unglaublich, was du hier auf die Beine gestellt hast. Die Kekse reichen glatt bis nächstes Weihnachten.«

Ruth lachte. Das glaubte sie kaum.

»Darf ich einen probieren?«, fragte Paula.

»Natürlich. Bedien dich nur.«

Paula nahm sich ein Nussplätzchen und machte »Mmmm. Einfach köstlich. Du musst mir unbedingt das Rezept verraten.«

»Das mache ich gerne. Es freut mich, dass sie dir schmecken. Probier auch von den anderen.«

Noels Mutter griff nach einem Schokokeks. »Ich lag wohl falsch«, sagte sie und Ruth fragte sich, was sie wohl meinte. »Die werden nicht einmal dieses Weihnachten überstehen.«

Sie lachte und Ruth lachte mit. Schon lange hatte sie sich nicht mehr so ausgelassen gefühlt. So glücklich.

»Ich dachte mir, ich müsste euch irgendwie zurückgeben, was ihr mir gegeben habt.«

»Das wäre nicht nötig gewesen, Ruth. Obwohl ich zugeben muss, dass ich dein Geschenk sehr gerne annehme. Du bist eine großartige Bäckerin. Arbeitest du in einer Bäckerei? Noel hat erzählt, du machst in Chicago irgendwas mit Gastronomie?«

»Eigentlich arbeite ich nur bei *Lenny's*«, gestand sie.

»Oh, die haben tolle frittierte Shrimps. Im großen Einkaufszentrum hier in der Nähe gibt es auch eine *Lenny's*-Filiale.«

Ruth war so dankbar, dass Paula sie nicht mit diesem Blick bedachte, wie so viele es taten, wenn sie ihnen erzählte, wo sie arbeitete. Mit diesem abfälligen Blick. Ja, sie arbeitete in einem Junk-Food-Restaurant, aber damals nach Helens Tod, nachdem sie schon ein halbes Jahr aus ihrem Job raus war, war sie einfach nur froh gewesen, überhaupt irgendeinen neuen Job zu finden. Einen, der sie über Wasser hielt, schließlich musste sie fortan alle Rechnungen allein bezahlen.

»Danke, Paula.«

»Wofür denn?«

»Für alles.«

Paula sah sie warmherzig an, nahm sich dann noch einen Schokokeks und sagte: »Da kann man einfach nicht widerstehen. Wusstest du eigentlich, dass David und Sarah eine kleine Bäckerei hier im Ort betreiben?«

»Nein, das wusste ich nicht.«

»Sie läuft wirklich gut und sie suchen immer nach motivierten Mitarbeitern, vor allem da Sarah sich zurzeit um den kleinen Elijah kümmern muss.«

War das ein Wink mit dem Zaunpfahl, dass Ruth dort anfangen sollte? Aber sie lebte doch in Chicago.

Paula lächelte nur. »Na, ich muss mich jetzt mal um die Milch und die Kekse auf dem Kaminsims kümmern, die Mary dort gestern Abend für Santa Claus hingestellt hat.« Sie kniff ein Auge zu. »Und ich sollte schleunigst die Geschenke unter den Baum legen. Die Kinder werden bald kommen.«

Sie eilte den Flur hinunter und kam mit mehreren vollbepackten Tüten zurück. Präsente für die Lieben, die sie nun fröhlich unter dem Tannenbaum verteilte.

Währenddessen holte Ruth die letzten beiden Bleche aus dem Ofen und machte klar Schiff in der Küche. Als Paula zurückkam, jetzt in einer weißen Bluse und darüber einer grünen Weste mit weihnachtlichem Muster, stand sie bereit.

»Wobei kann ich helfen?«, fragte sie.

»Am Weihnachtsmorgen mache ich immer frische Waffeln, Speck und Würstchen. Dazu Rühreier, Pancakes mit Schokostückchen und einen Obstsalat. Ach, und der leckere heiße Kakao darf natürlich nicht fehlen.«

»Wow!« Ruth staunte. Also das volle Programm.

»Du könntest den Waffelteig anrühren, wenn du magst.«

»Gerne.« Sie griff zu einer der frisch abgewaschenen Schüsseln.

»Weißt du, wie das geht?«

Ruth lächelte. »Natürlich.«

Paula schüttelte den Kopf. »Was für eine dumme Frage. Wer solche Kekse backt, wird auch wissen, wie man Waffeln macht. Jetzt muss ich übrigens auch unbedingt die Cranberry-Cookies probieren.« Sie schnappte sich einen und schob ihn sich in den Mund. »Mmmmm«, machte sie wieder. »Das Rezept brauche ich auch. Unbedingt!«

Wenn das alles war, was Paula im Gegenzug dafür, dass sie Weihnachten mit ihnen feiern durfte, wollte, würde Ruth ihr gerne jedes einzelne Rezept verraten.

Eden trat in die Küche.

»Oh mein Gott, riecht das gut!«, sagte sie und schmachtete nach den Keksen, die überall in der Küche verteilt waren.

»Ruth hat aus unserer Küche eine Weihnachtsbäckerei gemacht«, informierte ihre Mutter sie.

Eden nahm sich einen Keks, ohne zu fragen und Paula haute ihr spielerisch auf die Hand. »Nicht vor dem Frühstück!«

»Nun erzähl mir nicht, dass du noch keinen genascht hast.«

»Ich würde es nicht wagen«, erwiderte Paula und zwinkerte Ruth zu.

»Du darfst dich gerne bedienen«, sagte Ruth ihr. »Ich hätte auch noch eine Frage. Dürfte ich mir deine Bürste leihen? Und vielleicht auch ein wenig Schminke?«

»Klar, komm mit.«

»Ich habe dir ein Handtuch und eine neue Zahnbürste ins Bad gelegt«, sagte Paula.

Die hatte sie noch gar nicht entdeckt, weil sie noch nicht im Bad gewesen war. Sie war so mit Backen beschäftigt gewesen.

»Danke«, sagte sie und folgte Eden.

Oben machte sie sich rasch frisch und war zurück in der Küche, bevor Paula überhaupt alles Nötige aus dem Kühlschrank geholt hatte.

Sie machten sich an die Arbeit, und keine Stunde später, als es an diesem Morgen zum ersten Mal an der Tür klingelte, war alles vorbereitet für ein pompöses Frühstück, bei dem keine Wünsche offen blieben.

✻

Als Erstes trafen David und Sarah mit ihren Kindern ein, als Nächstes Daniel und Hannah mit ihrer Rasselbande, und dann die Großeltern.

»Na, was glaubst du, welcher Film wohl mehr Oscars gewinnt: *Lawrence von Arabien* oder *Meuterei auf der Bounty*?«, begrüßte Grandpa Joseph Ruth, als er einen Blick in die Küche warf.

»Ich würde sogar schätzen, *Meuterei auf der Bounty* geht komplett leer aus«, entgegnete Ruth.

»Nie und nimmer! Der ist für sieben Oscars nominiert!«, informierte Joseph sie.

Das wusste sie bereits, und auch, dass der Film im Jahre 1963 keine einzige der begehrten Trophäen gewonnen hatte. Das hatte sie bei einem Quizspiel gelernt, das sie gerne mit Helen gespielt hatte.

»Wollen wir wetten?«, fragte Ruth.

»Um was wetten wir?«, wollte Joseph wissen. Neugierig sah er sie an.

»Um zwanzig Kekse.«

»Abgemacht!« Joseph gab ihr die Hand drauf und grinste.

Dann klingelte es erneut, gefolgt von einem lauten Hämmern an der Tür.

»Das muss Noel sein«, erklärte Paula. »Noah! Könntest du einmal aufmachen gehen?«, rief sie durchs Haus.

Gemütlich kam Noels Vater herbei, steckte seinen Kopf in die Küche, sagte: »Aber gerne, mein Schatz«, und ging Noel öffnen.

Ruths Herz sackte in die Hose, bevor er überhaupt im Haus war. Was war nur mit ihr geschehen? Und warum war sie aufgeregt wie ein kleines Kind, das kurz davor war, seine Geschenke auspacken zu dürfen?

Kapitel 18

Sie hörte Noel und seinen Vater reden und dann Noel fragen: »Rieche ich etwa Kekse?«

Einen kurzen Moment später stand er in der Küche und grinste.

Seine Mutter ging auf ihn zu und gab ihm eine dicke Umarmung, dann trat er zu Ruth.

»Frohe Weihnachten«, sagte er und lächelte sie an.

Ruth konnte nicht anders, als zurückzulächeln. »Ebenfalls frohe Weihnachten.«

»Ich will Geschenke auspacken!«, rief einer der Jungen und Mary kam in die Küche gelaufen.

»Grandma, Grandma, Santa war hier! Er war wirklich hier und hat meine Kekse gegessen und meine Milch getrunken.«

»Tatsächlich? Na, das muss ich mir mit eigenen Augen ansehen.«

Paula ging mit Mary mit und ließ Ruth und Noel allein zurück. Bestimmt nicht ohne Hintergedanken, war Ruth sich sicher.

»Wie geht es dir? Hast du gut geschlafen?«, fragte Noel. Er trug heute eine Jeans und einen grünen Pullover.

»Ich habe so gut geschlafen wie lange nicht mehr«, antwortete sie.

»Das freut mich. Und nun zu den Keksen ... Ich weiß, meine Nase täuscht mich nicht. Ich rieche frisch gebackene Weihnachtsplätzchen, hab ich recht?«

Ruth sah sich kurz in der Küche um. Die Kekse waren inzwischen in Dosen und kleine Tütchen verpackt, die Paula ihr zur Verfügung gestellt hatte. Sie hatte vor, sie nachher an alle zu verteilen. So würde sie wenigstens nicht mit leeren Händen dastehen.

»Wie kommst du darauf?«, fragte sie und schmunzelte.

»Du kannst mir nichts vormachen. Meine Mom hat gebacken, das weiß ich genau.«

»Ich kann dir sogar beim Heiligen Geist schwören, dass deine Mom nicht gebacken hat.«

»Oh!«, machte Noel und hielt ihr eine Hand auf den Mund. »Lass das hier bloß niemanden hören. Auf den Heiligen Geist schwört man nicht.«

»Oje ... das tut mir leid.«

Ihr war es total unangenehm, so etwas von sich gegeben zu haben. Sie hatte biblisch sein wollen, wie alle hier, hatte aber wohl nicht gut nachgedacht.

Doch Noel lächelte schon wieder und nahm seine Hand zurück. Es hatte sich komisch angefühlt, sie auf ihren Lippen zu spüren. Zu riechen. Zu schmecken ... Sie schmeckten irgendwie nach Tannenbaum.

»Onkel Noel, komm!«, hörte sie eine Kinderstimme, und sogleich kamen Adam und Aaron herbeigerannt und zogen an Noel, bis er schließlich nachgab.

Doch er streckte Ruth seine Hand entgegen und sagte: »Komm, wir gehen Geschenke auspacken.«

Sie nahm sie und folgte ihm.

Im Wohnzimmer war die ganze Familie um den Weihnachtsbaum versammelt, es war ein unheimlich idyllisches Bild, und Ruth wusste gar nicht, ob sie es mit ihrer Anwesenheit stören sollte. Doch Noel zog sie mit sich, bis sie den Baum erreichten. Er kniete sich zu den Kindern auf den Boden und deutete ihr, auch Platz zu nehmen.

Und dort unter dem Tannenbaum fühlte Ruth zum ersten Mal seit Langem so etwas wie Hoffnung.

»Darf ich zuerst?«, fragte Aaron.

»Nein, ich!«, rief Adam.

»Ich will auch!«, sagte die kleine Anna leise.

»Wir machen es wie jedes Jahr, okay?«, meinte Paula. »Mary …« Sie lächelte ihre entzückende Enkelin an.

Mary nahm eines der Geschenke an sich und las laut vor, was auf dem Schildchen stand: »Grandma Abigail.«

Die Beschenkte lächelte und nahm das Paket entgegen. Sie brauchte eine Weile, bis sie es ausgepackt hatte. Zum Vorschein kam ein hübscher Schal.

»Oh, der ist fein. Vielen Dank.«

Mary sah ihre Urgroßmutter merkwürdig an. »Wem sagst du Danke, Granny? Santa ist doch gar nicht hier.«

»Ups«, machte die alte Frau und zeigte ein zahnloses Lächeln.

Paula lenkte schnell vom Thema ab. »Mary, magst du das nächste Geschenk aussuchen?«

Dieses war für Adam, dann kam eins für Noah und dann eins für Hannah. Als wieder eins für Adam kam, wurde Aaron sauer und schimpfte: »Ich bekomme ja gar nichts! Gemein, gemein, gemein!«

»Hier wird nicht geflucht, mein Schatz«, sagte Paula zu ihm, und gleich darauf zu Mary: »Sieh mal, das große grüne dort. Ich habe das Gefühl, das könnte für Aaron sein.«

Aaron war außer sich vor Freude und riss das Papier auf. Es kam ein Feuerwehrauto zum Vorschein, mit dem er gleich zu spielen begann.

»Das ist für Ruth«, sagte Mary nun, und Ruth sah überrascht auf.

Sie bekam auch ein Geschenk? Damit hatte sie überhaupt nicht gerechnet!

»Für mich?«, fragte sie, als hätte Mary sich verlesen.

Die Kleine aber zeigte ihr das Namensschild und Ruth nahm das Präsent entgegen. Es entpuppte sich als ein Fläschchen Parfum. Und das war nicht alles: Am Ende der Bescherung hatte sie außerdem einen selbstgestrickten Schal, eine Schachtel Pralinen und ein handgeschnitztes Rentier bekommen. Sie hielt alles fest, als wäre es der wertvollste Schatz auf Erden.

»Freust du dich, mein Kind?«, fragte Paula.

Ruth konnte überhaupt nicht antworten, so gerührt war sie. Bevor schon wieder die Tränen fließen konnten, stand sie auf und lief in die Küche, um die Kekse zu holen. Sie verteilte sie und alle waren ganz erstaunt.

»Die hast du gebacken?«, fragte Sarah.

»Die sind einfach unglaublich!«, ließ Eden sie wissen.

Ruth nickte schüchtern und Noel sah sie irritiert an.

»Die sind von dir?« Er betrachtete das Tütchen gemischter Kekse in seiner Hand.

»Mir war so nach Backen.« Sie lächelte glückselig.

»Kekse!«, schrie Adam, während Aaron laut »Lalü lala« machte und sein riesigen Feuerwehrauto durchs Zimmer fahren ließ.

»Ja, unsere Ruth hat die Küche heute Morgen in eine richtige Weihnachtsbäckerei verwandelt«, verkündete Paula zum zweiten Mal an diesem Morgen und lachte.

Ruth hörte nur eins ... unsere Ruth.

Unsere Ruth.

Gehörte sie nun wirklich dazu?

Sie sah, wie Paula aufstand.

»So, ich werde dann jetzt mal das Frühstück fertigmachen. Ihr dürft euch schon alle an den Tisch setzen«, sagte sie und ging in die Küche.

»Warten wir denn nicht auf deine Tante und deinen Onkel?«, fragte Ruth Noel.

»Die sind heute bei ihren eigenen Kindern. Meinen Cousinen und Cousins und deren Kindern. Ich sag doch, es gibt sehr viele von uns.«

Ruth nickte. »Ich werde dann mal deiner Mutter in der Küche helfen«, sagte sie.

»Ich komme mit.« Noel folgte ihr.

Als er die Küche betrat, lachte Paula. »Was willst du denn heute andauernd in meiner Küche?«

»Ich will mithelfen«, erwiderte er.

»So was. Das ist aber eine Seltenheit. Ruth scheint einen guten Einfluss auf dich zu haben.« Sie warf Ruth einen vielsagenden Blick zu, und sie errötete. »Na gut, du kannst schon mal das Obst rüberbringen und mir die Schale dort oben vom Regal holen.«

Noel aber schien seine Mutter überhaupt nicht zu hören. Er starrte nur Ruth an. Es lag eine ganz eigenartige

Spannung zwischen ihnen, wie eine Art Bann. Ein Weihnachtsbann. Auch Ruth konnte ihren Blick nicht abwenden.

»Junge, bist du da?« Paula stupste ihren Sohn lachend an.

»Was?«, fragte Noel wie in Trance.

»Und ihr wollt mir erzählen, dass ihr nur Freunde seid?« Paula schüttelte den Kopf und rührte in dem großen Topf voll Kakao.

Und Ruth wusste endlich wieder, was Verliebtsein war. Seit Terence. Seit dem tragischen Unglück. Sie hatte geglaubt, es nie wieder zu erfahren.

Kapitel 19

»Wie schmeckt dir mein Weihnachtskakao?«, fragte Paula und sah Ruth gespannt an.

»Er ist köstlich«, antwortete sie. Das war er wirklich. Er schmeckte herrlich nach Zimt und Nelken und Koriander und anderen weihnachtlichen Gewürzen.

»Ist keine Erdbeermilch«, warf Noel ein und stupste sie leicht an.

Sie musste lächeln.

»Erdbeermilch?« Stirnrunzelnd sah Paula von Noel zu Ruth und wieder zurück.

»Ist so ein Ding zwischen den beiden«, informierte Eden ihre Mutter.

»Na dann. Ich hoffe doch aber, dass ihr meinen weltberühmten Kakao nicht mit irgendeinem Instantgetränk vergleichen wollt. Ich erinnere mich gut, wie Noel das Zeug früher weggetrunken hat wie nichts anderes.«

Dann stimmte es also wirklich.

»Das tue ich heute noch«, verkündete er.

Ruth versuchte, Paula zu beschwichtigen. »Natürlich ist dein Kakao um Längen besser. Ich habe selten so einen guten Kakao getrunken.«

»Selten?« Paula schien beleidigt.

»Nie, meine ich natürlich. Noch nie«, rettete sie sich.

Noel kniff sie unterm Tisch in die Taille, und sie zuckte zusammen.

Was tat Noel da? Er benahm sich ja beinahe wie ein neckisches Kind. War er etwa immer so albern? Gestern war er es noch nicht gewesen. Hatte irgendetwas das bei ihm bewirkt? Diese Leichtigkeit bei ihm ausgelöst?

War es etwa sie?

»Kennedy trinkt gerne Bloody Marys«, informierte Grandpa Joseph jeden, den es interessierte.

»Hast du schon von deiner Grandma gehört?«, fragte Paula jetzt. »Eden hat mir erzählt, du willst sie heute vom Flughafen abholen.«

Oh nein. Schon wieder musste sie lügen. Sie fühlte sich schrecklich.

»Nein. Leider hat sie noch immer keine genauen Informationen durchgegeben. Sie sagt aber, sie meldet sich, sobald sie weiß, wann sie ankommt.«

»Es schneit aber auch besonders viel dieses Weihnachten«, fand Noah.

»Den Kindern gefällt's«, sagte Daniel. »Wir wollen nachher noch Schlitten fahren. Wer kommt mit?«

»Na, gut, dass Santa euch einen neuen Schlitten gebracht hat.« Paula lächelte Adam und Aaron an.

»Da sagst du was. Jetzt gibt es wenigstens keinen Streit mehr um den einen Schlitten. Nun hat jeder einen.«

»Ich komme mit«, sagte Eden. »Hört sich nach Spaß an.«

»Ich leih dir meinen Schlitten«, bot die zuckersüße, vierjährige Anna an.

Ihre große Schwester Mary nickte. »Dann können wir um die Wette fahren.«

Auch der kleine Matthew klatschte begeistert in die Hände. Ruth fragte sich, ob ein Dreijähriger überhaupt schon Schlitten fahren konnte. Nun, vielleicht zusammen mit seinem Daddy.

»Was ist mit euch?«, wollte genau der nun von Noel und Ruth wissen.

»Lass mal, David. Ich denke, ich werde Ruth lieber ein bisschen was von Sycamore zeigen. Ich habe ihr versprochen, sie herumzuführen.«

»Hört sich gut an. Hannah und ich bleiben dann hier und helfen Paula beim Abendessen zubereiten«, teilte Sarah ihnen mit.

»Sehr schön, es gibt viel zu tun«, erwiderte Paula.

Ruth fragte sich, wie die beiden jetzt schon wieder ans Essen denken konnten. Sie war so satt, dass sie sicher die nächsten drei Tage nichts mehr zu sich nehmen konnte. Sie hielt sich den Bauch.

»Übrigens sind deine Kekse der Hammer«, sagte Sarah ihr.

»Ach, ihr habt euch alle vor dem Frühstück schon den Bauch mit Keksen vollgeschlagen?«, fragte Paula tadelnd.

»Wir haben nur mal probiert«, bezichtigte David seine Mutter. »Wie du siehst, habe ich einen Haufen Pancakes und dazu Bacon und Würstchen in Form eines halbes Schweines verdrückt. Sei also nicht sauer.«

»Bin ich nicht. Ich habe nur Ruths Plätzchen auch schon probiert und weiß, dass man da gar nicht wieder aufhören kann.«

»Ha!«, machte Eden. »Hab ich´s doch gewusst! Du hast mich vorhin angeschwindelt, Mom.«

»Ertappt«, gestand Paula schmunzelnd und begann, die leeren Teller zusammenzusammeln.

Hannah und Sarah halfen ihr sofort. Und auch Ruth stand auf und griff nach einigen leeren Kakaobechern.

»Nein, ehrlich«, fuhr Sarah fort. »Ich habe selten so köstliche Plätzchen gegessen. Man merkt richtig, dass du sie mit Liebe gebacken hast. Falls du dich entschließen solltest, in Sycamore zu bleiben, kannst du gerne bei uns in der Bäckerei anfangen.«

David nickte zustimmend.

»Ist das ein Jobangebot?«, erkundigte sich Noah.

»Und ob.«

»Nicht so schnell, ihr Lieben. Wer sagt denn, dass Ruth bei euch anfangen will? Ich bräuchte dringend jemanden für den Bürokram in meinem Laden, nun, da Cynthia gegangen ist«, warf Noels Vater ein. Er war Inhaber eines Elektroladens.

»Und ich könnte ehrlich gesagt Hilfe in der Videothek gebrauchen«, sagte Daniel. Ja, Videothek! Anscheinend gab es so etwas hier in Sycamore tatsächlich noch.

Er sah sie jetzt erwartungsvoll an, so, wie der Rest von ihnen.

Ruth überkam eine nicht gekannte Panik.

Was wollten all diese Leute von ihr? Wie kamen sie auf den Gedanken, dass sie in Sycamore bleiben wollte? Sahen sie Noel und sie etwa schon vor den Traualtar treten?

Sie hatte ganz andere Pläne …

Sie hatte das Gefühl, keine Luft mehr zu bekommen. So gern sie diese Menschen auch hatte, sie konnten doch nicht über ihr zukünftiges Leben bestimmen – zumal es gar keine Zukunft geben sollte.

Schnell griff sie zu ihrem Handy, das schon gestern Abend den Geist aufgegeben hatte. Der Akku war leer und sie hatte kein Ladegerät dabei. Auch Eden, die sie heute Morgen gefragt hatte, hatte kein passendes gehabt. Und sie hatte ihr gesagt, dass sie ihre Eltern gar nicht erst zu fragen brauche, denn die besäßen nicht einmal ein Handy.

Trotzdem tat Ruth jetzt so, als würde es funktionieren und sie eine Nachricht erhalten.

»Oh. Ich sehe gerade, ich habe Nachricht von meiner Grandma.«

»Tatsächlich?« Eden sah sie mit hochgezogenen Augenbrauen an. Sie wusste natürlich, dass das nicht stimmen konnte. Aber Ruth wusste keinen anderen Ausweg.

Also nickte sie. »Ja. Sie ist bereits am Flughafen von Boston und man hat ihr gesagt, dass sie den nächsten Flieger nach Chicago nehmen kann. Sie kommt in drei Stunden am O´Hare Airport an.«

»Na, dann wollen wir uns mal auf den Weg machen«, sagte Noel. »Ich will dir wenigstens noch einen Stadtrundgang im Schnelldurchlauf bieten, bevor wir zurück nach Chicago fahren.«

»Wie schade«, sagte Paula bedauernd. »Dann bist du ja gar nicht bei unserem Festessen heute Abend dabei. Oder bei unserem Einkaufsbummel morgen.«

»Ja, ich finde es auch sehr schade«, erwiderte sie.

»Deine Grandma kommt extra aus Boston angeflogen. Wir haben natürlich alle Verständnis dafür, dass du Weihnachten mit ihr verbringen möchtest.« Noel sah sie einsichtig an.

»Wusstet ihr schon, dass Elvis Presley unter Flugangst leidet?«, fragte Grandpa Joseph.

»Nein, das wusste ich noch nicht, Grandpa«, sagte Eden. Dann sah sie Ruth wieder an. Immer noch dieses Fragezeichen auf der Stirn.

Ruth konnte nicht mehr. Sie brachte ein paar Becher in die Küche und hatte das Gefühl, ihre Beine würden wegsacken.

Dann lief sie hinauf ins Gästezimmer, holte ihre Sachen, packte die wundervollen Geschenke in den Stoffbeutel, den sie immer in ihrer Handtasche hatte, und verabschiedete sich schweren Herzens, aber auch ein bisschen erleichtert von allen.

»Vielen, vielen Dank, dass ihr mich so herzlich aufgenommen habt«, sagte sie. »Ihr seid wirklich eine ganz besondere Familie und ich werde euch nie vergessen.«

»Du lässt es ja so klingen, als wenn wir nie wieder etwas von dir hören würden«, sagte Paula.

»Du musst uns unbedingt bald wieder besuchen kommen«, sagte Hannah.

»Denk an unsere Wette«, erinnerte sie Grandpa Joseph.

»Das Jobangebot steht«, kam von David.

»Danke, das weiß ich sehr zu schätzen. Vielleicht sehen wir uns ja eines Tages wieder.« Im Himmel. Falls sie in den Himmel kam.

»Das hoffe ich sehr, Liebes.« Paula drückte sie fest und alle anderen taten es ihr gleich.

Vor Rührung und vor Scham wäre Ruth beinahe im Erdboden versunken.

»Fahrt vorsichtig«, rief Sarah ihnen nach.

Und Eden, die sie bis vor die Tür begleitete, sagte ihr noch: »Falls du es dir anders überlegst, bist du hier immer willkommen, Ruth.«

Sie hatte schon wieder Tränen in den Augen.

»Danke, Eden«, sagte sie und verließ neben Noel dieses wunderbare Haus, das sie für einen Tag lang auch ihr Heim hatte nennen dürfen.

Kapitel 20

Noel führte Ruth dieselbe Straße entlang, die sie gestern im Dunkeln gegangen waren. Die Straße, die zu dem Wasserfall führte. Nur dass sie diesmal nicht abbogen, sondern weiter in Richtung Stadtzentrum gingen. Dort zeigte er ihr seinen Laden und außerdem die Geschäfte von seinen Brüdern, seinem Dad, seinem Onkel, seinen Cousins und Cousinen und seinen Freunden.

»Hier kennt wohl wirklich jeder jeden, oder?«, fragte sie.

»So ziemlich, ja.«

Sie schwieg. Eigentlich hatte sie überhaupt noch nicht viel gesagt, seit sie das Haus verlassen hatten. Sie wusste einfach nicht, was sie sagen sollte. Hatte das Gefühl, jedes Wort wäre eine weitere Lüge.

»Ist alles okay mit dir, Ruth?«

Natürlich. War ja klar, dass dieser fürsorgliche Mann bemerkte, dass etwas nicht in Ordnung war.

Sie nickte also. »Ich bin nur ein wenig traurig, zu gehen«, sagte sie.

Das war sie wirklich. Sie hatte Noel und seine gesamte Familie, zumindest den Teil, den sie davon kannte, liebgewonnen, und war unendlich traurig, von ihnen gehen zu müssen.

»Du musst nicht gehen«, sagte er, als hätte er an ihrer Stimme erkannt, dass sie weit mehr meinte. »Du kannst jederzeit zurückkommen. Sag mir nur Bescheid und ich hol dich ab.«

»Ich glaube nicht, dass das möglich ist, Noel.«

Er blieb nun stehen und sah zu ihr herunter. »Warum nicht, Ruth?«

Jede Antwort wäre eine Lüge gewesen, deshalb schwieg sie lieber wieder.

»Ich dachte wirklich, wir würden dasselbe fühlen«, sagte er enttäuscht, und sie konnte ihm nicht länger ins Gesicht blicken.

»Ich ... es ... es tut mir leid«, sagte sie.

»Schon okay. Ist nicht deine Schuld. Ich habe es wohl einfach falsch interpretiert. Wahrscheinlich sind meine Mom und die anderen schuld, die ständig irgendwelche Andeutungen gemacht haben.«

Noel versuchte zu lachen, doch es war nicht zu übersehen, dass er verletzt war.

Oh nein, das hatte sie nicht gewollt ...

»So war das nicht gemeint, Noel. Ehrlich nicht. Es ist nur ... es ist kompliziert.«

»Versuch, es mir zu erklären.«

Sie sah ihm ein paar Sekunden lang in die Augen. »Das kann ich nicht.«

Noel nickte und ging weiter. Ließ sie einfach stehen.

Ruth wusste nicht, ob sie ihm hinterhergehen sollte, aber was blieb ihr anderes übrig? Wie sollte sie sonst zurück nach Hause kommen?

Nach Hause ... Ein Zuhause hatte sie ja eigentlich gar nicht mehr. Nicht nur war ihre Wohnung schon seit Tante Helens Tod kein richtiges Zuhause mehr, jetzt war auch noch Snuggles gestorben und sie hatte all ihr Hab und Gut weggegeben.

Eigentlich war sie heimatlos.

Eine ganze Weile gingen sie schweigend nebeneinanderher. Dann erkannte Ruth die Straße wieder, in der sich das Haus der Carpenters befand. Sie gingen daran vorbei und Noel blieb ein paar Häuser weiter stehen.

»Da wohne ich«, sagte er. »Und da vorne steht mein Auto.« Er deutete auf seinen Pick-up. »Magst du noch mit reinkommen oder sollen wir gleich fahren?«

Sie sah auf ihre Uhr. Angeblich würde ihre Grandma in zwei Stunden am Flughafen von Chicago landen.

»Eine halbe Stunde haben wir wohl noch«, sagte sie und überraschte damit nicht nur Noel, sondern auch sich selbst.

»Okay, wie du willst.«

Er ging voran, schloss die Haustür auf, an der auch ein Kranz hing, die aber nicht so extrem verziert war wie die Tür seiner Eltern, und der Rest der Fassade und des Gartens auch nicht. Es stand kein Rentierschlitten im Garten und es winkte ihnen auch kein lebensgroßer Santa Claus vom Dach. Lediglich die Tanne im Vorgarten war mit Lichtern geschmückt und ein kleiner Elf stand neben der Tür.

Ruth trat ein und zog im Flur die Stiefel aus, genauso, wie Noel es tat. Sie sah sich um. Sein Haus war so ganz anders eingerichtet als das seiner Eltern. Es weihnachtete nur wenig, die Möbel waren aus schlichtem Holz und es stand weit weniger Schnickschnack herum. Eigentlich war es nur hier und da ein wenig dekoriert, hier fehlte eindeutig die Hand einer Frau.

Oh. Was dachte sie da nur?

Sie zog auch den Mantel aus und hängte ihn an einen Haken im Flur.

»Komm ruhig herein«, sagte Noel. »Möchtest du etwas trinken oder so?«

»Nein, danke.«

»Okay.«

Er ging ins Wohnzimmer, das nicht einmal halb so groß war wie das seiner Eltern. Sein Haus war allgemein viel kleiner. Unten schienen sich nur zwei Zimmer, dazu Küche und Bad zu befinden und oben ein oder zwei weitere Zimmer unter dem schrägen Dach. Wahrscheinlich Noels Schlafzimmer.

Der Gedanke daran ließ sie nervös werden. Sie ging zum Fenster und sah hinaus, um sich abzulenken.

»Es ist schon unglaublich, wie wenig hier los ist. In Chicago sind die Straßen auch an Weihnachten nie leer.«

»Ja, es sind zwei verschiedene Welten.«

»Warst du schon oft in Chicago?«, fragte sie, nur um irgendetwas zu sagen.

»Ja, aber ich bin einfach kein Großstadtmensch.« Er trat nun näher an sie heran. »Du?«

»Das weiß ich eigentlich gar nicht. Ich habe nie irgendwo anders gelebt.«

»Ruth … ich muss dich etwas fragen.« Er trat noch einen Schritt näher. »Bereust du es, mit hergekommen zu sein?«

»Nein. Ich bin sogar sehr froh darüber«, sagte sie ihm ehrlich.

»Warum bist du dann plötzlich so … Du erscheinst mir sehr unglücklich. Habe ich irgendetwas getan, das dich verärgert hat?«

»Nein, um Gottes willen, es liegt nicht an dir.«

»Also hab ich recht, ja? Es gibt da irgendwas, das dir keine Ruhe lässt.«

Sie sah ihn an. Sollte sie ihm die Wahrheit sagen? Nur ein kleines bisschen davon? Bevor sie jedoch antworten konnte, kam ein kleines, schnurrendes Etwas ins Zimmer.

Freudig ging sie in die Knie. »Du hast eine Katze?«

»Ja, das ist Lilly.«

»Hallo, Lilly. Oh, bist du eine Schöne. Komm her zu mir.«

Lilly, beinahe komplett schwarz, nur mit einem weißen Schwanz, kam und ließ sich streicheln.

»Sie ist bezaubernd. Du hattest gar nicht erwähnt, dass du eine Katze hast.«

»Bin wohl einfach nicht dazu gekommen.«

»Hast du sie schon lange?«

»Eigentlich gehört sie gar nicht mir, muss ich gestehen.«

»Nicht?«, fragte sie verwundert.

»Sie gehörte meiner Ex, Gloria. Als sie ging, ließ sie nicht nur mich zurück.«

»Oh, das tut mir leid.«

»War schon gut so. Wir haben eh nicht zueinander gepasst. Das fanden übrigens auch meine Eltern, und jeder sonst.«

»Bist du süß, ja, bist du süß.« Sie konnte sich gar nicht von der Katze lösen. Außerdem war ihr wirklich nicht danach, jetzt mit Noel über Beziehungsprobleme zu reden.

»Du kannst gut mit Katzen umgehen. Hast du auch eine?«, wollte Noel wissen.

Sie wurde gleich wieder traurig. Melancholisch.

»Ich hatte eine. Sie ist erst kürzlich gestorben. Vor fünf Tagen, wenn man´s genau nimmt.«

»Das tut mir schrecklich leid.«

»Danke.«

»Das ist wirklich schlimm, so kurz vor Weihnachten. Jetzt verstehe ich auch, warum du oft so traurig wirkst.«

Tat sie das?

»Hm. Moment mal.« Ihr fiel plötzlich etwas auf. »Deine Freundin hieß Gloria?«

»Ja, wieso?«

»Das ist doch ein biblischer Name.« Sie erhob sich, und Lilly machte es sich in ihrem Korb gemütlich.

»Hm. Ja, wahrscheinlich. Ich verstehe nicht ganz …«

»Na, du meintest doch gerade, deine Eltern waren nicht einverstanden mit Gloria. Wieso nicht, sie hätte doch perfekt zu euch gepasst?«

Noel kratzte sich am Hinterkopf, dann lachte er leicht und sagte: »Du denkst, ich mache es von einem Namen abhängig, mit wem ich zusammen bin?«

»So scheint es mir fast bei euch, ja.«

»Oh Gott, ich glaube, du hast da eine komplett falsche Vorstellung von mir. Meine Eltern sind sehr religiös, ja, das stimmt. Aber ich gehe nicht einmal jeden Sonntag in die Kirche. Meistens stehe ich da nämlich in meinem Laden oder ich spiele Baseball mit meinen Brüdern und Cousins.«

»Ist das dein Ernst?«

Dann hatte sie ihn wohl tatsächlich falsch eingeschätzt.

»Ich muss sagen, das beruhigt mich jetzt ein bisschen«, sagte sie.

»Warum, Ruth?«

Er sah sie an, sah ihr intensiv in die Augen. Kam näher, war mit seinen Lippen ganz nah an ihren, sie konnte ihn riechen, seine Wärme spüren, er war so nah. So nah. Und beinahe wäre es passiert. Wenn sie es zugelassen hätte …

Doch sie wandte sich von ihm ab. Sah wieder aus dem Fenster.

Enttäuscht blieb Noel zurück. Und sie hätte so gerne gemacht, dass es ihm besserging. Hätte diesen lieben Mann so gerne glücklich gemacht an Weihnachten. Doch sie wusste, würde sie ihn jetzt küssen, würde es ihn später umso schlimmer treffen, wenn sie gehen musste.

Kapitel 21

Noel verließ das Zimmer. Er blieb etwa zwei Minuten lang weg, die ihr wie zwei Stunden vorkamen. Am liebsten wäre sie sofort zum Flughafen gefahren, doch noch viel lieber wäre sie für immer hiergeblieben.

Huch! Was waren das denn für Gedanken? Für Gefühle?

Und zum zweiten Mal dachte Ruth daran, ihre Pläne aufzuschieben oder sie gar über Bord zu werfen.

Noel kam zurück, und sie musste trotz allem lächeln. Denn in seiner Hand hielt er etwas, um das er eine rote Schleife gebunden hatte. Es war eine extragroße Familienpackung Erdbeermilch-Pulver.

Er reichte sie ihr und sagte: »Ich habe hier noch ein Geschenk für dich. Damit du mich nicht vergisst.«

Sie war ehrlich gerührt und nahm die Packung entgegen.

»Danke schön«, erwiderte sie. »Ich liebe Erdbeermilch.«

»Das weiß ich doch.«

»Ich habe gar nichts für dich.«

»Du hast mir doch etwas geschenkt. Die Kekse, schon vergessen?«

»Ach ja, genau.« Ihr fiel etwas ein und sie kramte in ihrer Handtasche danach. »Hier habe ich noch ein Geschenk für dich.«

Noel lachte und nahm es entgegen. »Ein Gutscheinheft fürs *Lenny's*? Das ist cool, danke.«

Waren es nicht perfekte Geschenke? Erdmeermilch-Pulver und Gratis-Coupons für Burger und Fritten. Sie musste nun auch lachen.

Für einen Moment war die Spannung, die in der Luft gelegen hatte, wie weggeblasen und es herrschte eine wunderbare Ausgelassenheit. Bis ...

»Die komme ich bestimmt einlösen. Dann kann ich dich schon ganz bald wiedersehen.«

Oh nein! So war das doch nicht gemeint gewesen. Glaubte Noel etwa, sie hätte ihm die Gutscheine deshalb geschenkt?

Sie würde doch nicht einmal mehr bei *Lenny's* arbeiten, wenn er käme!

Ihr kam Trina in den Sinn. Trina, die sie heute erwartete. Sie konnte ihr nicht einmal eine SMS schicken und absagen.

»Noel, ich ...«

Erwartungsvoll sah er sie an.

»Ich glaube, wir sollten uns auf den Weg machen. Meine Grandma.«

»Ist es schon soweit? Okay, dann los.« Er reichte ihr ihre Jacke. »Vielleicht magst du mir deine Grandma ja vorstellen. Ich meine, nachdem du meine gesamte Familie kennengelernt hast ...«

Sie versuchte zu lächeln und zu nicken.

Wie sollte sie da nur wieder rauskommen?

✻

Sie saßen im Auto und Noel stellte das Radio an. Es wurde gerade *Here Comes Santa Claus* gespielt und er sang lauthals mit.

»Du bist aber in Weihnachtsstimmung«, sagte Ruth.

»Ich liebe Weihnachten.«

»Das habe ich schon mitbekommen.« Es war ja nicht zu übersehen.

Sie fuhren aus der Stadt. Ruth überkam ein Gefühl der Traurigkeit. So kurz ihr Besuch in Sycamore auch gewesen war, sie hatte sich wohl gefühlt in dieser kleinen idyllischen Ortschaft. Sie hätte gerne noch ein wenig mehr von ihr gesehen. Vor allem auch noch mal den wunderschönen Wasserfall.

Sie musste wieder an diesen besonderen Moment gestern Abend denken und auch an den Beinahe-Kuss von heute. Sie sah Noel an, beobachtete ihn dabei, wie er am Steuer saß und fröhlich Weihnachtslieder mitsang.

Ja, er war ihr Wunder gewesen. Ihr Weihnachtswunder. Und sie würde ihn niemals vergessen, denn er hatte ihr wieder ein wenig Hoffnung geschenkt. Hatte ihr gezeigt, dass es doch noch schöne Dinge gab im Leben. Hatte gemacht, dass sie sich besserfühlte. Hatte ihr ein Gefühl von Geborgenheit verliehen. Hatte …

Moment!

»Noel?«

»Ja?«

»Kannst du mir einen Gefallen tun?«

»Klar. Welchen?«

»Fahr bitte rechts ran.«

Noel nahm den Blick von der Straße und sah kurz sie an. Dann tat er, worum sie ihn gebeten hatte.

Und dann standen sie am Straßenrand, irgendwo im Nirgendwo. Irgendwo zwischen Sycamore und Chicago. Dem Ort, der ihr so viel Glück geschenkt und dem anderen, an dem sie nur Traurigkeit zurückgelassen hatte.

Was sollte sie tun?

Sie musste eine Entscheidung treffen. Jetzt. Wann bekam man schon mal solch eine Chance im Leben?

Kapitel 22

Noel sah sie fragend an und sie wusste absolut nicht, wie sie beginnen, was sie sagen sollte. Sie wusste nicht einmal, warum sie ihn gebeten hatte, anzuhalten. Alles, was sie in diesem Moment wusste, war, dass sie diesen wunderbaren Mann hier neben ihr nicht länger belügen konnte.

Und dass sie nicht zurück nach Chicago wollte.

»Ich muss dir etwas sagen«, begann sie.

»Ja?«

Sie konnte es nicht.

»Was ist es, Ruth?«

Sie konnte es noch immer nicht.

»Hm. Vielleicht sollten wir einfach weiterfahren, sonst kommen wir noch zu spät zum Flughafen. Wir wollen deine Grandma doch nicht warten lassen. Vielleicht magst du ja später …«

»Es gibt überhaupt keine Grandma«, platzte sie heraus.

Noel starrte sie an, sie konnte seinen Blick nicht erwidern, sondern starrte ihrerseits nur aus dem Frontfenster auf einen Schneeberg, den irgendwer zusammengeschippt hatte.

»Wie bitte?«

»Natürlich gibt es sie, ich meine … ich will sagen … Bitte sei mir nicht böse, Noel, aber ich … ich hatte nie vor … ich … Meine Grandma kommt heute nicht angeflogen und ich werde auch nicht am Flughafen erwartet.«

»Ich weiß«, sagte er und starrte nun ebenfalls auf den Schneeberg.

Das warf sie jetzt völlig aus der Bahn. »Was weißt du?«

»Dass dein Handy seit gestern nicht funktioniert.«

Oh, Eden!

»Bitte sei mir nicht böse ...«

»Das sagtest du bereits.«

»Ich wollte dich nie belügen, ich wusste nur nicht ... Ich war am Flughafen und ... und ... und dann kamst du. Und Eden. Und dann kam eins zum andern und ich fand mich plötzlich in Sycamore wieder. In eurem Wohnzimmer. Ich meine, wer hätte das gedacht?«

Sie versuchte zu lachen, obwohl ihr zum Weinen war.

»Du hast gar keine Grandma?«

Sie schüttelte den Kopf.

»Ich hatte eine Grandma. Sie ist aber schon vor einigen Jahren gestorben.«

»Weshalb warst du denn aber dann am Flughafen?«

Sie begann zu weinen. Es war ihr so peinlich. Sie konnte ihm doch nicht sagen, dass das ihre Tradition war. Dass es das war, was sie jedes Jahr an Heiligabend machte, während andere bei Punsch und Gesang mit ihren Liebsten versammelt waren.

»Ruth ...«, sagte er. Anscheinend fehlten ihm die Worte genauso wie ihr.

Sie legte das Gesicht in die Hände.

»Ist okay, Ruth. Ich bin dir nicht böse. Dann bringe ich dich jetzt einfach zu deinen Eltern, okay?«

Sie begann nun schrecklich zu schluchzen und konnte gar nicht wieder aufhören.

Dann spürte sie, wie sich der Wagen wieder in Bewegung setzte. Wie er wendete. Nach einer Weile traute sie sich, durch die Schlitze ihrer Hände hindurchzugucken. Sie fuhren eine verschneite Straße entlang, wie auch schon zuvor. Nur fuhren sie in die falsche Richtung.

»Noel, ich …«

»Alles gut, Ruth. Wir sagen ihnen einfach, du hättest es dir anders überlegt und wolltest doch noch ein paar Tage im schönen Sycamore bleiben. Okay?« Er sah sie an.

Sie nickte kaum merkbar und war nie einem Menschen so dankbar gewesen wie Noel in diesem Augenblick.

✳

Sie fuhren wieder in Sycamore ein, fuhren am Haus der Carpenters vorbei und hielten vor Noels Haus.

»Ich dachte mir, du möchtest dich vielleicht frischmachen, bevor wir wieder rübergehen.«

»Danke, Noel.« Es kam von Herzen, sie hoffte, er wusste es.

Er nickte und stieg aus dem Wagen.

Ruth folgte ihm wie auch schon zuvor und betrat zum zweiten Mal an diesem Tag sein Haus.

Lilly kam ihnen entgegen und schmiegte sich gleich an ihr Bein. Sie streichelte sie erneut und zog sich wieder die dicken Sachen aus. Stand wie angewurzelt da.

»Worauf wartest du?«, fragte Noel. »Komm mit.«

Er brachte sie in die Küche, in der ein kleiner Tisch mit zwei Stühlen stand. Sie setzte sich.

»Ich brauche jetzt erst mal eine Erdbeermilch. Magst du auch eine?«

Sie lächelte und nickte. »Gerne.«

Noel rührte das Pulver an und stellte ihr ein Glas hin. Sie trank wie eine Verdurstende. Nie hatte ihr dieses Getränk besser geschmeckt.

»Nun trinken wir doch noch zusammen Erdbeermilch«, sagte Noel und lächelte. Er erwähnte ihre Beichte vom Auto mit keinem Wort.

»Danke, dass du mich nicht ausfragst«, sagte sie. »Das weiß ich wirklich sehr zu schätzen.«

»Ruth, ich würde dich nie drängen, mir etwas zu erzählen, das du lieber für dich behalten willst. Wenn du aber reden möchtest … bin ich da.«

Sie nickte.

»Und falls du nicht mit mir drüber reden willst, sondern mit einer einfühlsameren Person, kannst du dich jederzeit an meine Mom wenden.«

»Ich glaube nicht, dass es jemand Einfühlsameren als dich gibt«, entgegnete sie. »Danke für dein Angebot, aber … es fällt mir so unglaublich schwer …«

»Das ist okay, Ruth. Wir müssen nicht reden.«

Sie nickte erneut und sie saßen eine ganze Weile da und schwiegen miteinander. Bis Noel meinte: »Du hattest ja gesagt, dass es kompliziert ist. Es lag also wirklich nicht an mir, oder?«

»Keine Sekunde. Es liegt alles an mir.«

»Ich wünschte, ich könnte dir irgendwie helfen.«

»Das tust du, Noel. Das tust du so sehr. Wärst du nicht gewesen, wäre ich längst …«

Tot. Wahrscheinlich. Heute war der Tag, an dem es hatte geschehen sollen.

»Was wärst du dann?«

Sie schüttelte den Kopf. Das konnte sie ihm nun wirklich nicht sagen.

»Dann wäre ich ganz allein.«

»Du hast überhaupt keine Familie?«

»Ich habe überhaupt niemanden.«

»Das tut mir sehr leid.«

Ach, was soll´s?, dachte sie. Er hatte es verdient, die Wahrheit zu kennen.

»Meine Eltern sind gestorben, als ich ein kleines Mädchen war. Sie sind beim Segeln in einen Sturm geraten. Ich bin dann bei meiner Tante Helen aufgewachsen, aber auch die starb letztes Jahr im Herbst. An Nierenversagen. Dass meine Grandma tot ist, habe ich dir bereits erzählt. Und auch, dass mein Freund Terence … Er starb bei einem Autounfall. Das ist schon einige Jahre her, und ich hatte danach nie wieder …«

Berührt sah Noel sie an. Und sie erinnerte sich an den tragischen Tag, an dem sie sich in der Mittagspause wie gewohnt in dem Sandwichladen an der Ecke treffen wollten. Wie sie die Straße hinunterging und schon von Weitem die Polizeiautos sah, den Krankenwagen … Weiter durfte sie nicht denken, es brachte sie jedes Mal ein Stück weit um. Sie tastete nach ihrer Kette und umfasste den Herzanhänger.

»Ich habe nie wieder in einem Auto gesessen. Erst gestern wieder.«

Noel hatte wohl etwas anderes erwartet, oder wusste er, dass sie das ebenfalls gemeint hatte?

»Oh Gott, das ist ja schrecklich. All das. Was du in deinem jungen Leben ertragen musstest. Ich kann mir gar nicht vorstellen, wie schlimm es sein muss, einfach jeden geliebten Menschen zu verlieren. Ruth, ich möchte, dass du etwas weißt: Wenn du es möchtest, kannst du Teil unserer Familie sein. Wir nehmen dich gerne auf.«

»Gut, dass ich einen biblischen Namen habe, oder?«, sagte sie und lächelte traurig.

»Ich habe dir doch bereits gesagt, dass das überhaupt nicht von Bedeutung ist.«

»Ich weiß. Danke, Noel. Ich wäre gerne Teil deiner Familie. Ehrlich gesagt, kann ich mir nichts Schöneres vorstellen. Das wäre wirklich das perfekte Weihnachtsgeschenk.«

»Du bist herzlich willkommen. Nur musst du noch entscheiden, was du sein möchtest.«

»Wie meinst du das?«

»Na, möchtest du so etwas wie eine Schwester für mich sein? Oder ...«

Sie sah ihm tief in die Augen. »Oder!«

Noel lächelte breit. »Ja?«

Sie nickte und wanderte mit der Hand über den Tisch. Noel drückte sie und deutete ihr dann, zu ihm zu kommen.

Sie stand auf und ging um den Tisch herum zu diesem wunderbaren Mann, und ließ sich von ihm auf den Schoß nehmen. Noel streichelte ihr über die Wange, zog sie dann zu sich heran ... und küsste sie.

Oh, Himmel. War das ein Gefühl!

Sie hatte komplett vergessen, wie es war und konnte sich auch nicht daran erinnern, jemals auf diese Weise geküsst worden zu sein. Er war so zärtlich, so unglaublich sanft. Sie hätte in seinen Armen dahinschmelzen können.

Glücklich flüsterte sie ihm ins Ohr: »Ich habe so für ein Weihnachtswunder gebetet.«

»Ich hoffe, dein Wunder geht in Erfüllung.«

Sie sah Noel in die Augen. »Weißt du denn nicht, dass du mein Wunder bist?«

Noel schien sprachlos, fast überwältigt. Er erhob sich und trug Ruth, als wäre sie leicht wie eine Feder, die Treppe hinauf. Und sie ließ ihn gewähren. Denn sie wusste, es erwartete sie ihr allerschönstes Geschenk.

Kapitel 23

Ruth lag in Noels Armen und hatte endlich Geborgenheit gefunden. Die Geborgenheit, die sie so sehr gebraucht hatte.

»Danke«, sagte sie.

»Wofür denn?«

»Für alles. Besonders aber für die Erdbeermilch.« Sie lachte. Ja, sie lachte überglücklich, ausgelassen und fröhlich. Etwas hatte sich von ihr gelöst. All die Einsamkeit der vergangenen Jahre hatte sie hinter sich gelassen und war nun endlich frei für ein neues Leben, eine neue Liebe.

Sie hatte nicht mehr daran geglaubt, hatte die Hoffnung schon aufgegeben gehabt. Verdammt, sie hatte vorgehabt, von einer Brücke zu springen! Doch jetzt sah sie ein Morgen.

»Gern geschehen«, erwiderte Noel und gab ihr einen Kuss auf die Stirn.

Es war so unglaublich schön mit ihm gewesen. Am liebsten hätte sie den ganzen Tag in der Stille und Geborgenheit seines Schlafzimmers mit ihm verbracht. Doch seine Familie wartete auf ihn. Sie gaben ein großes Festessen, da durfte er nicht fehlen. Wie sie wohl reagieren würden, wenn er sie mitbringen würde? Würden sie sich darüber freuen? Oder würde sie nur ein Eindringling sein? Noel hatte ihr gesagt, sie dürfe ein Teil der Familie sein, wenn sie wolle. Und sie wollte, oh, so sehr. Aber hatte er recht damit, dass sie willkommen war? Einen Abend bei einer Familie zu verbringen, war immerhin etwas anderes, als ein ganzes Leben mit ihnen verbringen zu wollen.

Dann erinnerte sie sich wieder an Paula und ihre neckischen Bemerkungen. Sie hatte es ernst gemeint, als sie sagte, Noel könne froh sein, sie zu haben, oder?

»Wir sollten deine Familie nicht warten lassen«, sagte Ruth nun zu ihm.

»Du hast recht. Auch wenn ich gar nicht aufstehen möchte.« Er krabbelte unter die Decke und benetzte ihre Haut mit tausend Küssen.

Ruth kicherte. »Das kitzelt.«

Er schaute unter der Decke hervor. »Dann stell dich schon mal darauf ein, dass wir heute Nacht genau hier weitermachen.« Er sah sie nun eingehend an. »Wenn du es willst, natürlich.«

Sie lächelte breit. »Ich will.« Sie wollte, ja, sie wollte. Nie hatte sie etwas so sehr gewollt wie diesen Mann. »Nun aber los, Noel! Ziehen wir uns an und gehen rüber. Ich habe unglaublichen Hunger.«

»Und ich erst!« Er grinste und küsste sie, und hätte wohl nicht damit aufgehört, wenn sie ihn nicht aufgescheucht hätte.

Zusammen stiegen sie unter die Dusche und zogen sich dann an.

»Vielleicht sollte ich wirklich morgen mit deiner Mutter und Eden in die Mall fahren. Ich habe überhaupt nichts anzuziehen.«

»Mach das. Ich komme gerne mit und berate dich.«

»Nein, nein, das ist doch so ein Frauending.«

»Alles klar. Dann bin ich auf eine private Modenschau gespannt.« Er schmunzelte. »Mal davon abgesehen, muss ich arbeiten.«

»Ich würde dich gerne in deinem Handwerksladen sehen, wie du die Kunden fachmännisch berätst. Ihnen Hammer verkaufst und alles. Trägst du dabei auch ein Holzfällerhemd? Im Film tragen solche Männer immer Holzfällerhemden.«

»Überzeug dich selbst«, sagte er und deutete zu seinem Kleiderschrank.

Sie ging hinüber zu dem massiven dunkelbraunen Schrank mit den zwei Türen. Sie öffnete ihn und musste lachen. Die Hälfte der Kleiderstange hing voll mit solchen Hemden.

»Na, wenn du kein Klischee erfüllst.«

»Stört es dich etwa, dass ich meine geliebten Holzfällerhemden trage?«, fragte er, gespielt beleidigt.

»Ganz und gar nicht. Ich finde es sogar ziemlich sexy.«

»Du machst es mir wirklich nicht leicht, weißt du das?«

Er zog sie zu sich und küsste sie leidenschaftlich. Und dann landeten sie doch wieder im Bett.

✶

Eine Stunde später trafen sie als Letzte zu Noels Familie dazu. Sie waren gerade beim Essen und jedermann war ganz erstaunt, dass Ruth noch da war.

»Ja, wen bringst du denn da mit?«, fragte Paula ihren Sohn strahlend.

»Meine neue Freundin«, erwiderte er.

Sie hatten zwar noch nicht darüber gesprochen, ob sie jetzt fest zusammen waren, es war aber eigentlich überhaupt keine Frage. Sie gehörten zusammen, das wussten sie spätestens nach den überwältigenden Stunden, die sie an diesem Nachmittag zusammen erlebt hatten.

»Ich freue mich für euch«, sagte Noels Vater und umarmte sie beide.

Ruth versuchte, das Gefühl, welches sie empfand, in Worte zu fassen, doch sie wusste, dass es dafür keine passenden Worte gab. *Vollkommen*, wäre dem wohl am nächsten gekommen.

»Hey, cool, dass du noch da bist«, sagte Eden und drückte sie ebenfalls. »Heißt das, dass du morgen doch mit uns mitkommst?«

»Wenn ich darf?«

»Klar.«

»Aber natürlich«, sagte Paula. »Das wird ganz fantastisch.«

Jetzt gab David Noel einen kleinen Schubser. »Sag mal, wo wart ihr denn die ganze Zeit?« Er grinste.

Noel und auch Ruth liefen beide rot an.

Paula lachte. »Nun setzt euch doch und bedient euch. Es ist noch genug zu essen da. Ihr müsst hungrig sein.«

Ruth fühlte, wie ihre Wangen heiß wurden. Und sie war froh, als sie alle von Grandpa Joseph abgelenkt wurden.

»Wusstet ihr schon, dass Dean Martin eigentlich Dino Paul Crocetti heißt?«

»Tatsächlich?«, fragte Hannah.

»Nein, das wusste ich nicht«, sagte Noah. »Vielleicht magst du nachher ein Medley mit mir singen? Dean Martin, Bing Crosby und Frank Sinatra. Was hältst du davon, Dad?«

»Na, da freue ich mich drauf. Wer macht noch mit?«

Mitmachen wollten einige, und sogar Ruth sang ein wenig mit, als sie sich nach dem Essen erneut um den Baum versammelten. Joseph war heute in bester Kondition, und alle stimmten bei seinen Weihnachtsliedern mit ein. Grandma Abigail sah ihrem Liebsten verschwärmt dabei zu, als wäre sie frisch verliebt. Und Paula brachte ihnen allen alkoholfreien Eierpunsch.

Noel nahm immer wieder Ruths Hand in seine und gab ihr dann und wann einen Kuss, als wäre es das Normalste der Welt.

Sie glaubte nicht, dass es jemals einen schöneren Augenblick geben konnte. Und dies war der Moment, in dem sie erkannte, wie dumm sie gewesen war. Denn es gab so viele Gründe, auf dieser schönen Erde zu bleiben, man musste sie nur finden.

Und in diesem Moment beschloss Ruth, dass sie leben wollte.

Kapitel 24

»Sag mal, warst du das etwa?«, fragte Noel sie am nächsten Morgen, als er dabei war, das Auto vom Schnee zu befreien.

»Ich? Wie kommst du denn darauf?«

Noel grinste sie an und fegte weiter Schnee von der Windschutzscheibe.

Ruth bückte sich erneut, nahm etwas Schnee in die Hände, formte diesen zu einem Ball und warf ihn auf Noel.

»Hey! Willst du wohl damit aufhören?«

»Ich hab doch gar nichts getan«, beteuerte sie.

Noel formte nun ebenfalls einen Ball und warf zurück, jedoch ganz sachte, um sie nicht zu verletzten.

»Das ist alles, was du draufhast?«, fragte sie und lachte.

»Na, warte!«, rief er und lief auf sie zu.

Ruth rannte los und versuchte, ihm zu entkommen. Doch im Nu hatte er sie eingeholt und warf sich mit ihr in den Schnee.

»Wir werden ja ganz nass!«, schrie sie.

»Nass?« Noel lachte. »Du scheinst Schnee mit Wasser zu verwechseln. Keine Ahnung, wie der Schnee bei euch in der Stadt aussieht, aber sieh dir nur diesen hier an: Er ist fein wie Pulver.«

Sie nahm ein wenig davon in die Hand und stimmte zu: »Du hast recht. Fein wie Pulver.« Dann wischte sie den Schnee direkt in Noels Gesicht.

»Du bist echt frech, weißt du das?« Er wälzte sich mit ihr im wunderbaren Weiß und sie sahen schon bald aus wie zwei Schneemänner.

»Wann war das letzte Mal, dass du Schneeengel gemacht hast?«, fragte er dann, auf dem Rücken liegend und ein wenig aus der Puste.

»Noch nie«, antwortete Ruth. So war es. Sie hatte zwar in dutzenden Filmen gesehen, wie sich Menschen in den Schnee legten und mit den Armen wedelten, sodass es Engelflügel ergab, selbst gemacht hatte sie es aber noch nie. Zumindest konnte sie sich nicht daran erinnern.

»Noch nie? Das geht doch nicht. Dann los, machen wir jetzt welche.«

Sofort fing Noel damit an und bewegte seine Arme und Beine hin und her.

»Haha, ist das dein Ernst?«

»Klar, los! Es macht Spaß!«

Sie folgte seiner Aufforderung und machte ebenfalls Schneeengel. Und dann lagen sie einfach nur im Schnee und sahen in den blauen Himmel.

»Bist du glücklich?«, fragte Noel.

»Ich bin sogar sehr glücklich.«

»Das ist gut. Nun muss ich aber, so leid es mir tut, zur Arbeit fahren. Es bleibt dabei, dass du mit Mom und Eden in die Mall fährst?«

»Ja. Ich brauche dringend ein paar neue Sachen. Ich trage dieses Kleid bereits zum dritten Mal.«

»Du kannst dir gerne was von mir ausleihen«, bot Noel an.

»Nein, danke. Ich hätte dann doch lieber was in meiner Größe.«

»Wie du willst. Aber du kommst mich später noch im Laden besuchen, ja?«

»Ich werde deine Mom bitten, mich auf dem Rückweg dort abzusetzen.«

»Ich werde dich vermissen.«

»Ich dich auch.«

Sie küssten sich und erhoben sich dann mühsam, befreiten sich so gut wie möglich vom Schnee und stiegen ins Auto. Noel ließ sie vor dem Haus seiner Eltern raus und sie klingelte. Sie freute sich richtig auf einen ausgelassenen Shoppingtag mit den beiden Frauen.

✻

Der Tag wurde unglaublich schön. Sie gingen von Laden zu Laden und Ruth gab ihr letztes Geld aus, das sie noch auf dem Konto hatte. Sie brauchte schließlich neue Kleidung, nachdem sie all ihre Sachen verschenkt hatte. Wie sie Noel das erklären sollte, war ihr noch nicht eingefallen. Gestern Abend hatte er ihr gesagt, dass sie so lange bleiben könne, wie sie wolle. Entweder könnte sie bei ihm schlafen oder, wenn ihr das zu früh oder zu unangenehm war, auch im Gästezimmer seiner Eltern.

»Werden deine Eltern es nicht für sehr unangebracht halten, wenn ich bei dir wohne?«

»Mit Gloria habe ich auch zusammengewohnt, obwohl wir weder verlobt noch verheiratet waren.«

»Das war etwas anderes. Wir kennen uns gerade einmal zwei Tage.«

»Aber wir spüren doch beide, dass da etwas Besonderes zwischen uns ist, richtig?«

Sie nickte. Und sie war froh, dass es nicht einseitig war. Sie hatte sich noch nicht entschieden, wo sie die nächsten Tage schlafen würde, und auch nicht, was danach sein würde. Sie wusste nur mit absoluter Bestimmtheit, dass sie nicht zurück nach Chicago wollte. Nur noch ein einziges Mal ... sie musste einfach.

Nachdem sie stundenlang einkauften und sich dann im Food Court stärkten, wo Ruth zwei große Stücke Pizza zu sich nahm, fuhren sie schwer beladen zurück nach Sycamore.

Ruth bedankte sich bei Paula und Eden, dass sie sie mitgenommen hatten, und Paula hielt vor Noels Geschäft an, wo sie sich von den beiden verabschiedete.

»Deine Sachen nehmen wir erstmal mit zu uns, ja?«

»Danke. Bis später!«

Sie stieg aus und betrat Noels Laden. Ihn fand sie hinter dem Tresen vor, wo er gerade kleine Schachteln mit Nägeln beschilderte.

»Hey, da bist du ja. Du hast mich so lange warten lassen«, sagte er, kam herum und gab ihr einen Kuss.

»Es war ein wirklich schöner Tag. Wir hatten viel Spaß.«

»Das hört sich gut an. Ich muss noch ein paar Stunden im Laden stehen. Willst du so lange auf mich warten?«

»Unbedingt.«

Sie sah ihm eine Weile dabei zu, wie er Sachen in die Regale einsortierte und Kunden bediente, dann stellte sie ihm eine Frage: »Du, Noel. Würdest du mir einen Gefallen tun? Wenn das möglich ist?«

»Jeden.«

»Könntest du mich am Donnerstag nach Chicago fahren? Da findet Snuggles Beerdigung statt.«

»Snuggles ist dein Kater?«

Sie nickte traurig.

»Klar. Ich komme auf jeden Fall mit und stehe dir bei.«

»Danke, Noel«, sagte sie und wappnete sich für diesen schwierigen Tag.

Kapitel 25

Am Donnerstag sprang Paula bei Noel im Laden ein und er fuhr schon früh mit Ruth nach Chicago, um rechtzeitig um zehn Uhr auf dem Tierfriedhof zu sein.

Die Bestattung war herzzerreißend. Ruth weinte ununterbrochen und war froh, dass Noel da war, um sie zu stützen. Es fühlte sich an, als wäre auch noch das letzte geliebte Mitglied ihrer Familie von ihr gegangen.

Sie hatte jetzt zwar neue wunderbare Menschen gefunden, dennoch tat es schrecklich weh.

»Geht es?«, fragte Noel, als alles vorüber war.

Sie nickte traurig. »Können wir uns eine Weile einfach nur hinsetzen?«, fragte sie und deutete auf eine der Bänke.

»Natürlich.«

So saßen sie lange da und Ruth schmiegte sich an Noel. Dachte nach. Überlegte, ob es wirklich richtig war, Chicago hinter sich zu lassen und nach Sycamore zu ziehen.

Was, wenn *sie* das Übel an allem war? Was, wenn *sie* diejenige war, die allen Pech brachte? Immerhin waren alle Menschen in ihrer direkten Umgebung gestorben – konnte das Zufall sein?

»Möchtest du lieber doch nicht mit zurück nach Sycamore«, fragte Noel, als könnte er ihre Gedanken lesen.

»Ich weiß es nicht. Ich meine, ich sehne mich so sehr nach einem Neuanfang. Mich hält hier nichts mehr ... aber ...«

»Ruth, ich hab dich so unheimlich gern. Aber ich überlasse dir die Entscheidung.«

Er sah sie so liebevoll an, dass sie sich bei einem Blick in seine warmen Augen fragte, wie sie überhaupt hatte zweifeln können.

»Ich möchte mit dir kommen. Wenn du mich willst, Noel. Ich werde alles hinter mir lassen, wenn es endgültig ist. Du musst mir sagen, ob du mich in deinem Leben haben willst. Denn wenn ich einmal gehe, soll es für immer sein.«

»Komm mit mir«, sagte er, ohne zu überlegen. »Ich verspreche dir, dass ich dir immer Halt geben werde.«

Das war alles, was sie hören musste. Von Liebe zu sprechen, wäre zu früh gewesen. Auch wenn sie die Liebe, die sich in ihr auftat, bereits mit jedem Atemzug spürte.

Sie lächelte Noel glücklich an. »Würdest du mir noch einen weiteren Gefallen tun? Könnten wir beim *Lenny's* vorbeifahren? Es gibt da etwas, das ich geradebiegen muss.«

»Klar. Ich könnte einen Burger vertragen. Und, hey, dann kann ich gleich schon ein paar meiner Gutscheine einlösen.« Er zwinkerte ihr zu.

Zufrieden erhob sie sich und nahm Noels Hand, die er ihr hinhielt.

✹

Sie fuhren zum *Lenny's* und parkten auf dem Parkplatz davor.

»Ruth!«, rief Trina gleich, als sie sie sah, und kam ihr entgegengelaufen. »Ich habe mir solche Sorgen gemacht! Wo warst du denn nur? Und warum gehst du nicht an dein Telefon? Ich habe es sicher an die hundert Mal versucht.«

Erst dann entdeckte sie Noel an Ruths Seite und ihr Gesichtsausdruck verwandelte sich von besorgt zu *oho!*

»Bitte entschuldige, Trina. Mir ist so etwas Verrücktes passiert, ich ...«

»Ich würde eher sagen, dir ist etwas Gutaussehendes passiert!«, unterbrach Trina sie und begutachtete Noel von oben bis unten.

Er grinste verlegen.

»Ja, das auch.« Ruth errötete leicht. »Es ist eine unglaublich lange Geschichte, die ich dir irgendwann einmal in aller Ruhe erzählen werde, ja? Im Moment kann ich mich nur entschuldigen und dich um Verzeihung bitten.«

»Schon okay. Hauptsache, es geht dir gut.«

»Ja, mir geht es ...«

»Hey, Kleines!« Nun kam Becca auch herbei. »Wo hast du dich denn versteckt?«

»In einer wundervollen kleinen Ortschaft namens Sycamore.«

»Da bin ich mal durchgefahren. Sehr nett. Sag mal, hast du schon das Neueste gehört? Trina hier ist jetzt mit Mr. Martin zusammen!«

»Ist nicht wahr!« Ruth konnte es kaum glauben.

Trina stimmte nickend zu. »Doch, das ist es. Ich hatte nämlich zu Weihnachten doch noch Besuch.« Sie sah in Richtung Mr. Martins Büro.

»Wow. Ich freue mich für euch.«

»Danke. Moment mal, Ruth. Warum hast du gekündigt?« Trina wurde wieder ganz besorgt.

Nun sah auch Noel sie fragend an.

»Ich … ich hatte einfach das Gefühl, alles hinter mir lassen zu müssen«, sagte sie. Wie hätte sie es besser ausdrücken können?

»Ohne uns etwas davon zu sagen?«

Jetzt kam auch Daphne hinzu. »Hey, hey. Wer ist denn der hübsche Kerl?« Sie zwinkerte Noel zu.

Ruth fiel auf, dass sie Noel ihren Kolleginnen noch gar nicht vorgestellt hatte und holte dies schnell nach. »Das ist Noel. Mein fester Freund.«

»Oho!«, sprach Trina es nun laut aus.

»Noel, darf ich dir meine Freundinnen vorstellen? Das sind Trina, Becca und Daphne.«

»Freut mich, euch kennenzulernen.«

»Und das da ist Mr. Martin«, fügte sie hinzu, als sie ihren ehemaligen Boss aus seinem Büro kommen sah.

»Was ist denn hier los, meine Damen? An die Arbeit, aber dalli!«

Er scheuchte sie auf wie die Hühner, wobei er Trina aber ein ganz besonderes Lächeln schenkte. Dann sah er Ruth verwundert an und bat sie in sein Büro. Sie folgte ihm, während Noel schon mal das Essen bestellte.

Nach einem zehnminütigen Gespräch mit Mr. Martin, der unerwartet verständnisvoll war, kam Ruth zurück ins

Restaurant und fand Noel an einem der Tische vor. Ein ganzes Tablett voll Fast Food vor sich.

Sie lachte. »Hast du etwa alle Gutscheine auf einmal eingelöst?«, fragte sie.

»So ungefähr, ja.«

Sie setzte sich, und sie aßen, redeten und fühlten sich ganz vertraut. Dann wollte Noel wissen, ob sie jetzt ihre Sachen aus der Wohnung holen sollten.

Ruth nickte, und sie fuhren in das Apartment, das sie sich so lange mit Tante Helen geteilt hatte. Viel nahm sie nicht mit, viel gab es nicht mehr. Die Fotoalben und die paar Andenken und Klamotten passten in einen Koffer.

»Bist du dir auch ganz sicher?«, fragte Noel, als Ruth die Wohnungsschlüssel auf die Kommode legte. Sie würde dem Vermieter eine Kündigung schreiben. Aber eins nach dem andern.

Sie nickte und zog die Tür zu. »Ganz sicher.«

Noel nahm ihre Hand, und sie gingen die Treppe hinunter, setzten sich in sein Auto und fuhren zurück nach Sycamore.

»Bye, Chicago«, flüsterte sie und wusste, dass sie diese Stadt, in der sie ihr ganzes Leben verbracht hatte, trotz allem vermissen würde.

Doch manchmal musste man Vergangenes hinter sich lassen. Manchmal war es Zeit für einen Neuanfang. Manchmal war doch noch nicht alle Hoffnung verloren. Und manchmal geschahen eben doch noch Wunder – auch wenn man überhaupt nicht mehr daran geglaubt hatte.

»Alles gut?« Noel sah sie an.

Ruth nickte. Ja, alles war gut. Endlich war alles gut.

we wish you
Merry Christmas
and
Happy New Year

Lesen Sie auch:

Vor Jahren zerstritten sich die Schwestern Chloe und Julie, als Julie der Liebe wegen New York hinter sich ließ und nach Cinnamon Falls zog. Chloe konnte ihrer großen Schwester nie verzeihen, dass sie sie im Stich und mit der kranken Mutter allein ließ. Nun, nach dem Tod der Mutter, muss sie wieder Kontakt zu ihr aufnehmen und wird von Julie ausgerechnet nach Cinnamon Falls eingeladen, um dort mit der Familie ihres Mannes - der Familie Holiday - die Feiertage zu verbringen. Als Chloe dort Michaels Bruder Keanu kennenlernt, beginnt sie langsam zu begreifen, warum Julie damals dem Charme eines Holiday-Bruders erlag.

Lucy ist vom Pech verfolgt. Ihre Mutter ist Anfang des Jahres verstorben, mit ihrem untreuen Freund ist es aus, und jetzt brennt auch noch die Arztpraxis ab, in der sie als Kinderkrankenschwester arbeitet.
Kurzerhand packt sie ihre Sachen und macht sich auf in das verschlafene Städtchen Pineville, Montana, wo ihre beste Freundin Dana ihren bis vor Kurzem noch tot geglaubten Vater für sie ausfindig gemacht hat - als verfrühtes Weihnachtsgeschenk sozusagen.
In Pineville erwartet Lucy aber nicht nur ihr Dad, sondern auch ein heißer Sheriff, einige ganz außergewöhnliche Menschen und der Funke Hoffnung, den sie so bitter nötig hat.

Die Autorin

Manuela Inusa hat bereits Kurzgeschichten in verschiedenen Anthologien, Kinder- und Jugendbücher sowie Chick Lit- und Liebesromane - sowohl unter ihrem richtigen Namen wie auch unter Pseudonym - veröffentlicht. Mit acht im Selfpublishing erschienenen eBooks erreichte sie die Kindle-Top-100. Im November 2015 erschien ihr Roman "Jane Austen bleibt zum Frühstück" im Blanvalet-Verlag, im März 2017 folgte "Auch donnerstags geschehen Wunder". Im Oktober 2017 startet eine neue Reihe, die Valerie Lane, mit Band 1 "Der kleine Teeladen zum Glück".

Die Autorin ist gelernte Fremdsprachenkorrespondentin und lebt mit ihrem Ehemann und ihren beiden Kindern in Hamburg. Zu ihren Hobbys gehören Lesen und Reisen.

Besuchen Sie sie gerne auf Facebook oder Instagram. :)

Printed in Poland
by Amazon Fulfillment
Poland Sp. z o.o., Wrocław